# 스미는
# 목소리

# 스미는 목소리

한정선

산문집

불란서책방

우리 엄마에게 사랑을 보내며

# 들어가는 말

술을 마시지 않는다. 못 마시게 된 지 꽤 됐다. 원체 술에 약해서 카페인 강한 것만 마셔도 얼굴이 빨개지고 무릎이 꺾이던 체질이긴 했다. 그러나 견딜 수 없는 날이 오면, 취해서 바라보는 세상은 몽중에서 흐드러진 꽃을 바라보듯 견딜만하다고 여겼던 것 같다. 술에 취하고 가끔 너무 외로우면 친구들에게 전화해서 아무 말이나 했다. 그 귀찮은 일을 친구들은 잘 받아 주었다. 약을 먹으면서 술을 마시면 안 된다는 것도 몰랐다. 담당의가 말했을 수도 있지만 내 기억엔 없었고 약으로도 제어되지 않는 삶의 허무를, 술을 마시고서야 아롱지고 휘어져 어딘가 늘어진 아득한 감각으로 세상 사소함을, 즐겼던 것 같다. 그래봐야 고작 맥주 한 캔을 다 마시지 못했지만, 나름 취생몽사醉生夢死라며 흐느적거렸다.

술을 마시지 못하게 된 이유는, 명백하게 밝혀진 알코올 알레르기 때문이었다. 기본적으로 알코올 분해효소도 없고, 어린 시절 간염을 앓았던 터라 약하기도 했다. 내 몸은 간절한 소망과는 달리 나날이 면역력이 떨어지고 체력이 고갈되고 생각지도 못한 알레르기가 늘어만 갔다. 가령 피 검사를 하지 않았다면 있는지도 몰랐을 '자작나무' 알레르기라니. 자작나무로 만든 책장으로 채워진 서재를 꿈꾸던 입장에선 당혹스러웠다. 내 건강이 별로라는 이유로 소박한 듯 원대한 꿈 하나가 소멸했다. 이 모든 것은 내 잘못이니 누구를 탓할 수도 없다. 다만 하얀 서재는커녕 맥주 몇 모금으로도 감각이 증폭되는 경험은 이젠 즐길 수 없게 된 것이다. 삶을 즐기는 거라 여겼지만 만취가 되는 건 나와 타인을 괴롭히는 거였다. 어느 날이었다. 친구가 몹시 화를 내며 "제발 술 좀 마시지 마! 너 그러다 죽어!! 정말 죽어!! 그만 마셔!!" 포효하듯 말을 쏟아내었다. 그 후 미련 없이, 술을 손에서 놓아버렸다. 적어도 그런 간절함으로 화를 내는 마음에는 비겁해져선 안 됐다. 납작 엎드린 마음으로, 정직하고 올곧은 마음으로 응대해야 했다. 이 책은 이처럼 헤매면서 차례차례 무너지던 시절의 글들이 촘촘히 박혀 있다.

무수히 아팠던 시절의 일기 같은 것이다. 청소년기 때부터 시작된 중증 우울증은 길고 긴 세월을 흘러 조울증으로 변이해 갔다. 여성혐오와 아동·청소년 혐오로 얼룩졌던 젊은 시절에 아주 큰 교통사고를 겪고 범불안장애가 자리 잡았다. 비둘기만 거리에 있어도 무서워서 피하느라 차도로 뛰어든 정신 나간, 사실은 공황 상태가 잦은 나날이었다. 불안장애는 공황을 몰고 왔다. 조울증은 수면장애와 짝이었다. 번아웃된 상태로 직장을 그만둔 이후 메니에르가 찾아왔다. 지독한 어지러움은 앉아 있든 누워 있든 제정신을 차리기 힘들었다. 이명과 구역감은 필수 옵션이었다. 이 모든 것들이 중첩돼 차츰 심신이 완전히 무너져 내리던 시절,

살기 위해 글을 썼었다. 어떻게든 살아내기 위해서 어떻게든 존재하기 위해서, 쓰면서도 다 헛되고 무의미하다고 한숨짓다가도, 그래도 나는 나를 기록해야 한다는 알 수 없는 마음을 따라갔었다.

자신에게만 침잠하고 골몰하며 바라본 세상을 써내기도 했고 때로는 세상에서 수합되는 사건들을 살피고 고민하고 드러낸 내 이야기이기도 했다. 골몰하는 나도 관찰하는 나도 모두 세상과 내가 관통하는 순간에 이뤄진 고통과 기적의 순간이었다. 관통하는 것은 고통을 수반한다. 관통한 틈으로 캄캄한 어둠이 밀려나오고 나면 비로소 거기에 빛이 스며든다. 바로 기적의 순간이 있다. 캄캄한 어둠이 반짝이는 그 틈을 헤집고 벌리고 바라본다. 이 책은 이런 기록을 담아내고 싶었다.

# 차례

들어가는 말 06

지키는 검 15

과호흡 19

직조되는 세상 24

환희에 찬 환멸 29

토끼풀 잎새 33

거섶과 연주자와 작곡가와 산 39

벌레와 유리창과 나 44

바람 지옥 49

친구는 나의 힘 54

비 내리는 풍경이 질다 60

손톱을 깎기와 중도의 길, 귀신의 길 64

우리는 나쁘지 않다 69

날선 웃음 74

여름의 눈 79

저기 저 눈부신 세상 85

슬픈 더위 91

웃음 찬양 96

쏟아지는 축복 101
세월의 더께가 틔우는 푸른 잎 105
우연 111
평행과 트라이앵글 116
권태 122
세상을 지배하는 어둠을 가르며 127

야수의 눈동자가 밝힌 빛
기브 앤 테이크 133
바흐를 듣는 시간 138
시간의 큐브 143
경제성과 쾌락주의자 148
통증은 도적처럼 찾아오지 않는다 152
SNS와 눈 158
휘어지는 프레임 163
Hoc est corpus meum 168
비 내리는 날들 174
대청소 대오각성 181

죽은 나무의 말 186
내게 비둘기 같은 평화 191
너의 목소리 199
믿음 204
반짝반짝 열기구 여행자 209
다만, 간결하게 214
설날, 설 날 218
조금 빈, 반소유 소요(逍遙) 223
함박눈과 바깥이 낭만적일 수 있으려면 230
「해리포터」와 『우리가 빛의 속도로 갈 수 없다면』 사이에서 236
해바라기가 되는 법 241
향유 바르는 시간 246
홍대 소음의 다정함 252
흐르는 길 257

나오는 말 264

검을 지닌 사람이되

그 검은 반드시 지키는 검이 되어야 한다,

대상이 누구든 반드시.

# 지키는 검

요즘 매일 운동을 하고 있다. 어느 날 더는 이렇게 있을 수 없다는 생각에 뛰어나가 달리고 걸었던 게 시작이었다. 그 후로 비가 종일 내리는 날을 제외하고는 거의 매일, 대체로 1시간 이상 운동한다. 처음에는 걷고 달리기와 걷기로 채웠다면, 그다음은 근력운동을 추가했다. 하체는 상체에 비해 튼튼했던지라 상체 운동에 신경을 많이 썼다. 일직선으로 펴진 어깨선, 둥글고 단단한 어깨 근육, 팔꿈치에서 손목으로 이어지는 일직선의 근육을 갖고 싶었다. 배에 11자 근육을 넘어서서 王 자를 새겨 넣고 싶었다. 운동하는데도 이렇듯 욕망이 필요했다. 내게 부족한 것은 삶을 움직일 욕망이 아닌가, 며칠을 두고 고민했다.

근력운동을 갑자기 시작해서인지 근육통이 거의 매일 따라왔다. 몸을 이완해야 한다는 생각이 이어 들었다. 해서 요가를 추가했다. 다른 스트레칭이 많았지만, 굳이 요가 세트를 추가한 이유는 마음을 다스리고 호흡에 더 신경 쓰고 싶었기 때문이다. 요가를 추가할 무렵에는 다시 기승을 부리기 시작한 중증 우울증이 제어가 잘 되지도 않았다. 거듭되는 무기력과 싸워나가면서 달리면서 울고 있는 자신을 바라보며 어이가 없었다. 호흡부터 고르고 제대로 자리 잡아야 했다. 내게 요가는 단순히 스트레칭을 넘어서서 마음 수련과 닿아야 했다. 요가의 원래 목표대로 심신을 단련해야 했다. 뿌리 내리듯 발끝에 힘을 주고 어깨와 목과 등에 힘을 풀고 단전을 단단히 하고, 호흡 호흡으로 이어지는 동작 동작을 물처럼 만들어야 했다. 하지만 곧잘 멈추고 싶었고 자꾸만 등과 어깨에 힘이 들어갔고 발은 흔들거렸다. 둥치 크고 넓은 나무처럼 되고 싶은 마음과 별개로 바람에 부대끼는 갈대처럼 흔들리고 파르르 떨렸다. 그런데도 나를 움직인 축은 역시나 뫄뫄를 하고 싶다, 뫄뫄가 되고 싶다는 욕망이었다.

자칫하면 욕망은 지독하게 기능하여 그 자체가 목표가 되어버리기도 해서 욕망에 잠식되지 않기 위해 애써야 했다. 나의 상태를 인지하지 못하거나 인지한 채로도 욕심을 부리는 순간, 욕망은 그 자체가 독이 되어 심신을 망칠 터였다. 그런데도 마음이 너무나 힘든 어느 날들엔 무리해서 몸을 움직여 나를 괴롭히고서야 울음을 멈출 수 있었고 그러고서도 울음을 놓을 수 없을 때도 있었다. 몸도 마음도 너덜너덜해지고 나면 꿈에서도 괴로웠다. 내가 하지 못한 것들을 손에 잡히지 않게 펼쳐두고 손으로는 칼끝을 내게 겨누곤 했다. 그렇게 자해하는 시간을 보내고서야 지독한 죄책감에서 벗어날 수 있었다. 자신을 벌해야만 잠시라도 덜 아플 수 있었다.

다시 욕망을 들여다본다. 상상력이 부족하다 보니 눈앞에 선명해야지만 욕망이 발현되는 무력한 자신을 알기에 옷으로 덮었어도 선명히 온몸에 울퉁불퉁한 근육이 드러나는 운동선수의 사진과 배우의 사진과 애니메이션의 사진을 애플워치와 스마트폰 배경 화면으로 채워두고, 자신을 끌어올리기 위해 비트가 강한 음악들을 거의 종일 열어두었다. 그러다 아침에 눈을 뜨면 서둘러 커피를 내리고 잠시 쉰 후 요가를 시작했다. 이제 겨우 이틀째 요가 아침이지만 야외 운동을 쉬는 날에도 요가는 매일 이끌어 가기로 다짐해 보았다. 내 욕망이 추구하는 단단한 몸과 단단한 마음을 다지기 위해 나의 하루는 매일 매일 벼려져야 한다. 나를 지키지도 못하면서 곁을 지키겠다는 생각은 과욕이고 자만이었다. 이 당연한 사실이 새삼 낯설게 다른 쪽 문을 열었다. 초점이 잡히며 선명해지는 욕망은 언젠가 애니메이션 「은혼」에서 보았던 '지키는 검'과 닮아있었다. 검을 지닌 사람이되 그 검은 반드시 지키는 검이 되어야 한다, 대상이 누구든 반드시. 부러워하며 바라보기만 했던 욕망의 아름다움을 이제야 깨닫는다.

# 과호흡

숨을 쉬기 힘들었다. 명치가 꽉 막힌 듯 답답하고 뜨거운 게 올라오는 듯했다. 그전에 어지러움이 있었지만, 워낙 내겐 흔한 증상이라 무시했다. 카페인을 줄였기 때문에 아침에 마신 커피 한잔을 기억하고 제주천혜향블랜디드와 샐러드를 주문했다. 선물 받은 상품권과 텀블러 구매로 생긴 무료 쿠폰이 있어서 저렴하게 간식을 챙길 수 있었다. 충전이 가능한 콘센트가 있는 자리에 앉아서 일을 위해 반드시 내려받아야 하는 앱을 보고 있는데 지난밤 숙취로 머리가 지독하게 아프기 시작했다. 어플을 내려받는 동안 근처 약국에 다녀왔다. 문제는 그 후에 일어났다. 약을 먹고 내려받은 어플에 로그인하고 이제 기본 세팅이 끝났다고 생각하는 순간 숨이 가빠져 왔다.

숨을 쉬기 힘든데 참았다. 참으면서 용량이 낮아 느린 컴퓨터로 여러 가지 작업을 하면서 자꾸만 심해지는 증상에 어쩔 줄 모르다가 SNS에 일기처럼 글을 써 나갔다. 문득 스타벅스엔 종이봉투가 있다는 게 기억나서 서둘러 내려갔다. 봉지를 받아 들고 자리로 돌아와서 심호흡했다. 눈을 감고, 하나, 둘, 셋을 세면서 깊게 들이마시고 내쉬었다. 쉬이 가라앉지 않아서 봉투를 옆에 두고 호흡이 심하게 가빠오면 반복했다. 지금 일어나서 나가려 해도 호흡이 힘들어서 섣불리 움직일 수가 없었다. 우선 이걸 가라앉혀야 하는데 안정제는 집에 있다. 언제나 이런 곤란한 상황이 힘들었다. 시선이 집중되고 그런데도 꼿꼿이 앉아서 버텨야 하는 상황. 자유롭고 독단적인 듯 보여도 사실 나 역시 누군가에게 기대고 싶다는 생각이 드는 때가 있다. 심신이 아프면 약해져서 그런 생각이 들 수밖에 없기에 지금과 같은 상황을 만들지 않고 설령 오더라도 스스로 통제할 수 있는 수준으로 만들어 놓기 위해 애쓴다.

때로는 사람들이 내게, 너의 의지 부족으로 정신과를 다니는 게 아니냐고 묻는다. 노력과 강한 정신력으로 약도 끊고 병원도 끊어내라고 긍정적이고 희망차게 이야기해 준다. 그 천진난만하고 착한 태도는 오히려 상처를 들쑤시는데 당사자들은 알지 못한다는 데서 관계의 비틀림은 시작된다. 그 노력 십수 년 해봤다고 좋게 거절해보지만, 사람들은 신기하게도, 자신들의 의견에 대한 거절을 자신 존재에 대한 거절로 받아들인다. 아이러니는 여기 있다. 정신과를 다니면서 자신의 상태를 객관화하며 치료를 진행하는 나보다 정신질환을 극복해 냈다는 그들이 오히려 자존감이 낮은 상태로 살아가고 있는 모습은 어떻게 설명해야 하나. 그걸 알려주면 상대는 분노하며 받아들이지 못한다. 자신은 극복하고 긍정적이고 아름다운 상태에 있기 때문이라 믿고 있어서, 인정하는 순간 그 꽃동산은 찢어진 벽지로 탈바꿈하게 될 것이라는 불안 때문인가.

사람을 만나려 했다가 포기하는 이유는 다양한 이유가 있지만 이러한 인지 부조화를 마주하는 게 고통스럽기 때문이다. 내가 늘 옳다는 것은 아니다. 하지만 적어도 먼저 공격하지는 않는다. 감정의 교환을 매우 어려워하기 때문에 특히나 대치되는 상황을 싫어한다. 내 나름으로는 방어한다는 게, 마치 상대를 공격하는 것으로 비치기 때문이다. 그러니 아예 방어는 포기하고 공격에 들어간다. 문제는 공격이 오간 후다. 서로가 미안하다고 말하는 경우는 드물다. 감정이 격했던 것 자체를 못 견뎌서 먼저 미안하다고 말하고 나면, 나의 잘못으로 기정사실화되곤 했다. 그러니 미안하다 하고 나면 다시 화가 나는 상황이 반복된다. 화가 난 부분과 지점은 여기이고 따라서 사과받고 싶은 부분과 지점은 여긴데 거기까지 대화가 진행되는 경우는, 거의 없다. 가끔. 아주 가끔 어질고 마음 여린 이가 물러서 줄 때가 있어서 두고두고 기억하려 한다. 아무튼 미끄러지듯 나빠지는 기억력과는 별개로 기분은 들쑥날쑥한 톱니처럼 날카롭게 돌아간다. 내게서 비롯된 날카로움이라 거기에 베는 건 오직 나뿐이라 생각했는데 착각이었다. 곁에 있는 사람도 함께 묶어서 베어 나간다. 그러니 사람은 멀리해야 하는 존재들이다.

글을 쓰는 중간중간 봉지로 호흡하고 봉지를 내려놓고 생각한다. 기대고 싶으나 기댈 사람이 없는 것은 참 쓸쓸하구나! 문득 그런 생각을 하면서 더는 관계에 대해 기대하면 안 된다고 마음을 가다듬는다. 내겐 어울리지 않는 감정에 대한 노력을 포기한다. 주고받으며 상생할 수 없는 성정이기에 관계를 포기한다. 혼자서 과호흡을 정리하고 혼자서 자잘한 수술이나 시술은 진행하고 심하게 아프지 않도록 상비약을 준비해두고 책으로 담을 쌓아서 세상과 거리를 둔다. 어쩌면 이런 내가 벽을 치는 게 기본이고 가장 잘 어울리는 사람이어서 나도 모르게 상대를 몹시 아프게 했는지도 모르겠다. 그렇게 생각하면 결국, 내가 가장 나빴던 게 맞다.

## 직조되는
## 세상

한 점, 한 방울의 다른 색을 허용하지 않아 온통 하늘색으로 하나의 세상이 만들어져 예쁘다고 생각했다. 잠깐 바라보는 것도 허용하지 않는 듯 눈 부신 태양만이 압도적으로, 넘실대는 푸른빛에 입체감을 더하고 있었다. 잠시 교차로 건널목 앞에서 하늘을 바라보며 따가운 볕을 거부하는 듯한 차가운 바람을 맞고 서 있었다. 눈을 잠시 감으면 세상은 사라지고 오직 키신이 연주하는 리스트만 흘러나왔다. 격렬하고 섬세한 피아노 연주를 듣고 있으면 시간과 공간은 선율로 뒤엉켜 압력이 높아져 갔다. 언젠가는 펑, 하고 터질 것처럼 수렴되는 소리의 세상.

잠시 휘청했던 것 같다. 색과 빛으로 확산하는 세상과 소리로 수렴되는 세상이 눈을 감고 뜨는 경계로 이어져 있다는 것이, 이러한 수렴과 확산이 완벽하게 얽혀 질서를 이루고 혼동을 이루며 또 하나의 세상으로 존재한다는 것이, 경이로웠다. 당연하게 지내오던 게 낯설어지는 오늘 같은 날이면 물 위를 걸었다는 기적은 대체로 평이해졌다.

땅을 훑고 위쪽을 향해 곡선을 그리며 불어온 바람에 티끌이 있어 눈을 간지럽혔다. 순식간에 머릿속을 오가던 생각은 초록색 신호등 불빛으로 멈췄다. 눈을 비비며 햇살 속, 자동차들의 세계를 사람의 세계로 바꿔나가며 걸었다. 신호 하나로 세상의 중심은 간단히 스위치되었다. 재미있어서 웃음소리가 저절로 나왔다.

저녁이 되면 러닝을 했다. 강한 호기심이 일어 러닝앱에서 코칭해 주는 여러 방법으로 회복 러닝, 인터벌 러닝 등 다양한 것을 시도해 보았다가 혼자서 달려보자는 생각에 5km 달리기를 시도했다. 대체로 이 시간

대면 조금 어두웠고 많은 사람이 열심히 트랙을 따라 걷고 있었다. 시작한 지 10분도 안 돼 매번 그렇듯, 아 왜 내가 달리기를 시작했을까, 생각을 이어가며 달렸다. 트랙 가운데는 어슴푸레한 빛에도 선명한 초록색의 잔디가 깔려 있었다. 몇몇 사람들은 그 안에서 장난도 치고 공놀이도 하며 뛰어다니는 풍경은 언제나 정겨웠다. 아장아장 걷는 아이와 나와 함께 시간을 보내는 가족의 모습을 보는 것도, 캐치볼을 하며 깔깔 웃는 학생들의 모습을 보는 것도, 달리기가 주는 귀찮음과 지루함을 밀쳐낼 힘이 돼 주곤 했다.

그날도 그런 날이었다. 호기심을 따라 뛰듯이 걷는 아기가 있고 농구 골대 쪽엔 길거리 농구를 하는 한 무리 학생들이 있고 사람들은 팽이처럼 동글동글 트랙을 따라 걷고 있었다. 어디선가 긴 머리카락을 하고 아직 교복을 갈아입지 않은 학생 두 사람이 트랙과 잔디 경계에 서서 뭔가를 하고 있었다. 조금 어두웠고 달리느라 안경을 착용하지 않은 상태였기 때문에 멀리 서는 잘 보이지 않았다. 숨차지 않게 달리고 호흡을 조절하는 데 더 신경을 쓰며 달려 나가고 있었다. 이윽고 바람을 타고, 투명하고 둥글고 일렁이는 것이 내게로 와 부딪혀선 조각나 사라졌다.

웃음소리가 별빛 조각처럼 부서지는 게 들렸다. 달려 나가며 커다랗게 공중을 유영하는 비눗방울들을 터트리고 터트리며 나도 별빛 조각처럼 웃었다. 찰나 나의 세상이 부서지고 조작 나고 사라지면서 끊임없이 새롭게, 이어졌으나 질감이 다른 아름다운 세상이 이룩되고 있었다. 시야에 들어오는 비눗방울과 귓가를 간지럽히는 웃음소리는 각각의 세상에서 파멸되었지만 그러해서 아름다웠고, 이 파멸된 아름다움은 사라져서 영원한 것이 되었다.

운동이 끝나고 땀을 훔치고 숨을 고르며 물을 마셨다. 통합된 하나의 세상은 분열되고 분류되고 구획되어 떠돌았다. 운동장 너머를 타고 온 음식 냄새를 맡고 아무 맛도 나지 않는 물을 마시며 냄새의 세상과 맛의 세상은 뒤엉켰다. 마치 잭슨 폴록의 그림처럼, 전체가 혼동된 하나처럼 보이지만, 낱낱이 각자이듯, 그 어떤 의도와 우연으로든 우리가 인식하는 하나의 세상은 존재할 수 있는 가장 큰 수만큼의 혼재와 질서로 이뤄진 기적이다. 여전히 키신의 피아노는 귀속에서 황홀하고 하늘은 오직 하늘빛으로 팽배하다. 내 앞에 펼쳐진 세상이 성실하게, 부서지며 생성하며, 오직 아름다움으로 직조된다.

# 환희에 찬
# 환멸

나가고 싶지 않다. 요즘 내 마음을 사로잡는 문장은 바로 저것이다. 일찍 일어나 사소하지만 거슬리던 집안일을 정리하고도 안락의자에 앉아 기대어 있었다. 나가지 않아도 될 궁리를 했다. 우선 음악을 틀어놓고 감상했다. 지난밤 수면제 작용으로 반쯤은 몽중夢中에 만들어 먹은 떡볶이, 가스레인지를 씻듯이 닦고 설거지까지 마치고, 양치하고 다시 세수하고 잠옷을 갈아입고 기대어서 버티다가 새벽 늦게 잠들었다. 일어나자마자 주변을 정리했다. 이미 가지고 있는 물건을 재배치해서 마음에 드는 상황으로, 그나마 어울리는 어떤 이미지를 만들기 위해 분주했다. 더는 손댈 곳이 없었다.

나는 망연해져서 기대어버렸다. 과도하게 움직여도 전혀 움직이지 않아도 통제가 되지 않는 상태가 조울증의 기저라는 것을 알기에 이 상태를 생각해보며 벗어나려 했다. 하지만 내가 할 수 있는 것이라곤 그저 기대어 시간이 흐르는 것을 바라보는 것뿐이었다. 나가야 하는 이유를 만들어야 했다. 강제할 수 있는 것, 생각해보니 오늘 일요일은 플라스틱과 비닐을 버리는 날이었다. 뚜껑을 열었으나 먹지 않아 곰팡이가 핀 병들을 씻어내고 얼마 되지 않는 플라스틱과 비닐을 나누어 담은 봉지에 같이 엮었다. 그리고 돌아와 다시 기대었다. 오후 3시가 되어야 쓰레기를 버릴 수 있는 시스템이라 다시 할 일 없어진 채 넋을 놓고 있었다.

책을 읽을 수도 있었다. 아니면 영화를 한 편 보는 것도 괜찮은 방법이었다. 의미 있게 시간을 보내는 방법은 얼마든지 있었다. 하지만 아무것도 하고 싶지 않고 그저 기대어 있고만 싶었다. 창밖으로 차가 오가는 풍경을 무심히 바라보며 바라보고 있다 보면 내가 희미해져서 사라지길 바랐다. 마치 이 집의 가구나 컵이

나 이불처럼 사물로 머물다가 먼지처럼 쓸어 담아 버려지면 정말 더할 나위 없을 것 같았다.

불과 며칠 전이 생각났다. 안락한 집을 두고 밤을 헤매는 마음. 어린 시절에는 가족이 걱정할까 봐 알아챌까 봐 마음 추스르려 헤맸다면 지금은 신경 쓸 누구도 없는 나만의 공간을 두고도 밤을 헤맸다. 무거운 짐 가득 메고 걷고 걸었다. 비가 막 그쳐 습하고 차가운 길을 걸으며 내 슬픔과 무기력과 고통을 내버려 뒀다. 그 무엇도 위로가 되지 못했고 나는 그저 너무나 외로웠다. 집 밖을 나가고 싶지 않은 지금과 집 안으로 들어오고 싶지 않은 이 마음의 간격이 서글프게도 좁아서 오히려 우스웠다. 안과 밖을 가리지 않고 머물지 못하고 그저 헤매는 것으로만 채워지는 이 시간을, 나는 어떻게 해야 할지 알 수 없었다.

오후 3시가 훌쩍 지나고서야 울고 싶은 심정으로 가방을 메고 분리수거 봉지들을 들고 현관을 나섰다. 거리는 적당한 바람이 불고 적당한 사람들이 오가고 적당히 혼잡했다. 분리수거를 마치고 돌아서 적당한 카페에 들어섰다. 적당히 흩어져 있는 사람들 사이에 자리를 잡아 앉았다. 노트북을 펼치고서는 음악부터 연결했다. 그리고 적당한 시간을 가만히 있었다. 너무나 싫어서 견딜 수 없는 마음을 달랠, 그 정도의 적당함은 가늠되지 않아서 감았던 눈을 뜨고, 미룬 작업을 시작했다.

약을 먹고도 이렇게 어려운 게 스스로에 대한 고통인데 약을 먹지 않는 나는 얼마나 해로울까 생각하다가 웃었다. 지금도 그렇듯 자신뿐 아니라 주변 사람에게까지 자주 해롭다. 해로운 채로 살아가는 사람의 마음은 어떨 때는 아무렇지도 않다가도 어떨 때는 환멸에 가득 찬다. 환멸은 자주 찾아온다. 마치 환상처럼 어딘가 소멸의 장소로 이끄는 다정한 손길처럼, 환멸은 환희에 찬 웃음을 활짝 피우며 두 팔 벌려 나를 안는다. 외로운 나는 거기에서나 안식을 얻는다. 환멸이, 환상이, 소멸이 어서 실현되길 나 역시 환희에 차 활짝 웃으며 간절하게 바라며 가득히 포옹한다.

# 토끼풀

## 잎새

눈물보다 신음이 먼저 터져 나올 때가 있다. 꽉 막아둔 몸과 마음의 문이 고압으로 팽창해 터져나가듯 참고 눌렀던 고통이 사방을 부수고 마침내 터져 나올 때, 시작은 으레 비탄으로 만들어진 소리의 형태로 구체화한다. 오래 참아왔던 만큼 소리의 파괴력은 거대해서 슬픔의 모든 지표를 표면으로 끌어낸다. 몸이 무너지고 눈물을 흘리고 두 손으로 얼굴을 가리고 입술을 깨물고 바닥을 치고 때론 바닥에 몸이 엎어진 채 이 모든 것을 동시에 혹은 이어서 진행하기도 한다. 마치 전쟁 시작을 알리는 뿔 소리처럼, 때론 한밤이나 아침을 알리는 종소리처럼 가슴을 만신창이로 긁어내며 신음은 온몸을 한 바퀴 돌아 모조리 상처 낸 후 터져 나온다.

눈물이 힘겨운 이유는 바로, 이 과정에 있다. 많은 이들이 한참 울고 나면 안으로만 가둔 것들이 정화된 것처럼 개운해진다고 하는데 내 경우는 결코 그럴 수 없는 이유가 바로 저 순서로 이어지며 상처가 칼날처럼 마구잡이로 찢어내기 때문이다. 비유로서의 의미가 아니라 구체적으로 몸에 고통을 남기기 때문에 그 통증은 상상 이상으로 크다. 그렇기에 울면 울수록 고통과 싸우는 지난한 과정에 남겨진다. 섬세하게 난자되는 지독하게 외로운 시간. 신음이 터지면 입부터 막고 가슴을 치며 가끔 머리를 벽에 박기도 한다. 울면 안 되었다. 울면 나는 너무 아파졌다.

조울증이 가져온 울증은 우울증의 우울과 밀도 면에서 조금 더 치밀한 면이 있다. 오랜 세월 중증 우울증으로 살아온 내가, 살아 있는 게 신기할 만큼 위태로웠던 내가, 이토록 울증이 무서운 줄은 몰랐었다. 몇 년에 걸쳐 진행하여 마침내 죽음으로 향하던 마음이 단숨에 단단하게 뭉치면 울증의 형태를 띠었다. 추락하는 감정과 파괴적인 감정은 가속력을 단 만큼 공격적이다. 순식간에 마음과 몸에 흉터가 늘어났다. 치미는 충동을 이겨내는 것이 우울증 시기보다 어려웠다.

언젠가 일본 드라마 「미스터리라 하지 말지어다」에서 이런 내용이 나왔다. 토끼풀은 원래 세 잎인데 상처를 입게 되면 네 잎이 된다고. 그래서 네 잎 클로버를 찾기 위해 토끼풀 수풀을 뒤적이고 헤적일수록 풀은 상처를 입고 그 덕에 네 잎 클로버를 찾을 확률이 높아진다고. 이 대사를 읽으며 내 울음은 네 잎 클로버 찾기 같다고 생각했다. 네 잎을 찾으려는 듯 구석구석 뒤지는 게 상처를 내는 과정이 동반되는 역설의 시간. 네 잎 클로버의 꽃말이 '행운'이라고 했던가. 상처받고 울어서 이르는 길이 평안이라는 행운으로 이르는 길이라면 그 행운은 이토록 먼 것인가. 그러니 울음이 슬픔에서 치유로 이어지는 구간에 있다면 내겐 치유로 향하는 길부터 모조리 무너뜨리고 다시 세우는 시간인 것 같았다. 하나 내게 다시 세우는 힘이 남아 있었던가. 무너지는 것은 순식간이지만 다시 세우는 것은 오래되고 느린 속도로 진행되었다.

갑자기 시작돼 의사조차도 조울증의 발현이라는 것을 눈치채기 전, 감당하기 힘든 울증의 바닥을 치면서 시작된 것은, 길고 긴 울음이었다. 참아도 보고 지인을 괴롭히기도 하고 술을 먹기도 하면서 감당되지 않는 통증을 지나는 동안 크고 긴 울음을 울었다. 울음이 후련함이나 평안을 가져다주지 않고 오히려 지인에게 죄책감만 남기는 감정이었음에도, 다행히 고통을 인정하는 시간은 되었다. 검열하는 자신에게 내리는 최후의 정언, '너는 아프다.'. 하지만 이것 하나 받아들이자고 다시 저 과정을 밟으며 울고 싶지는 않았다. 거기까지도 고통스럽고 그 과정도 고통스럽고 그 이후도 고통스럽기 때문이다. 간절하게 정말 간절하게 세 잎 클로버로 살고 싶었다. 세 잎 클로버의 꽃말은 '행복'이라 하지 않던가. 행운을 찾으려 내 행복이 파헤쳐지지 않길 바랐다.

또 다른 일본 드라마 「하늘에서 내리는 1억 개의 별」에서는 "아플 것처럼 보여도 흉터는 아프지 않다"라는 대사가 나온다. 이 대사에 감탄했던 이유는 흉터야말로 비로소 닿게 되는 평안의 경지라는 것을 깨달았기 때문이다. 흉터는 절대 아프지 않다. 그렇게 보이는 것은 타인의 시선일 뿐, 자신은 고요하고 평온하다. 하여 신음을 시작으로 이어지는 통곡을 하지 않을 수 있다. 그러나 무수한 유무형의 흉터들은 평온의 상징이지만 고통의 징표이기도 하다. 고통을 지나오지 않은 사람에겐 흉터가 없다. 당연하게도 그 깨끗한 상태의 평온과 같을 수 없다. 그렇기에 흉터는 얼어붙은 겨울 아련하게 피어오르는 땅안개처럼 서늘하고 슬픈 평온을 준다.

마음 한 칸을 흔들어 대 보면 내 안에서 우수수 네 잎 클로버들이 쏟아져 내릴 테다. 하지만 나야, 나는 결코 토끼풀 숲을 더듬어 네 잎을 구경하지 않겠다. 칼날 같은 상처로 상처를 내다가, 보이는 것보다 늘채는 흉터가 이윽고 훗훗해질 때가 오면 토끼풀의 흉터를 들여다보겠다. 아프지 않게 조심조심 쓰다듬어 주겠다. 그리고 잊겠다.

# 거섶과 연주자와 작곡가와 산

봄이 오면 부모님은 바빠졌다. 산을 무척이나 좋아했던 아버지는 봄이 되면 그간의 게으른 생활을 청산이라도 하는 듯 산으로 숨어들었다. 날씨가 따스해질수록 바빠지고 그만큼 신나 보였다. 가끔 엄마와 함께 산을 오르기도 했는데 그런 날이면 배낭이 넘치도록 산 냄새로 가득했다. 문실문실 자라나는 나뭇가지와 부드러워진 땅을 헤치고 피어오른 각종 식물의 여린 잎들. 그들이 골라 따온 식재료들은 향긋하고 부드러웠다. 그걸 다듬고 데치고 무쳐 반찬을 만들면 밥상은 산을 옮겨놓은 듯 풍성했다.

요 며칠 비빔밥을 만들어 먹었다. 대형마트에서 배송되는 각종 나물 반찬 세트를 구매해서 갓 지은 밥에 올려 달걀부침을 올리면 꽤 먹음직스러워졌다. 총 여섯 가지 나물무침이 있었기 때문에 색도 예뻤다. 하지만 예상할 수 있게도, 잎새와 가지가 질긴 나물무침은 그다지 향기롭지도 맛있지도 않았다. 그저 인스턴트를 좀 줄였다는 자기 위안만 있을 뿐이었다.

엄마는 거섶을 골고루 만들어 비빔밥을 만들지는 않았다. 그때그때 여리고 부드러운 나물들을 올려서 쓱쓱 비벼 주었다. 나물들 각각의 향이 어우러진 그대로의 맛이 입 안 가득 퍼졌다. 그 향내가 몹시도 훌륭해 달걀이나 고추장은 오히려 거슬릴 뿐이었다. 약간의 참기름은 나물들의 향을 이어주는 매개체가 되었다. 순하고 착하고 맑은 맛, 그 담백함이 가끔 뭉클할 만큼 그리울 때가 있다.

고기반찬이 없으면 상을 물릴 만큼 반찬 투정이 심하던 아버지도 이때만큼은 기꺼워했다. 당신이 따온 것이라는 자부심과 엄마의 손맛을 사랑한 이유가 뒤섞여 자식에게도 과도하게 먹이고 싶어 했다. 고로쇠물이라든지 각종 야생 열매라든지 지금은 알려졌지만, 당시에는 생소하던 버섯이라든지 그런 걸 먹이려 하면 낯설어 괴로워하다가도 입속은 이내 터질 듯한 감탄을 같이 삼켜내곤 했다. 세월이 흘러 조카들이 맛나게 먹을 때면 내가 더 흐뭇했다. 작은 손과 입으로 오물오물 먹는 걸 보면서 건강하고 향기로운 것들 더 먹어, 더 먹어, 하며 마음속으로 응원하기도 했다. 좋은 것만 주고 싶었다는 부모님의 말씀을 체감하는 나날이었다.

이제 아버지는 돌아가시고 엄마는 큰 수술을 하고 난 후로는 봄을 알리듯 집안 가득 넘쳐나던 온갖 나물과 버섯 향을 맡을 수 없다. 언제부턴가 산을 전체적으로 통제하기도 하지만 산에 올라 각종 자연 먹거리를 가져올 사람도, 더는 없기 때문이다. 돌아갈 수도, 돌이킬 수도 없는 수천억의 사연들이 느리게 멀어지는 걸 바라본다. 이 구체적인 아름다움들은 과거 속에 박제되어 내 머릿속에만 간직될 터이다. 인사도 없이 가버리는 세월은 그래서 서글플 때가 많다. 어쩌면 그렇기에 살아가는 존재의 구석 어딘가는 기본적으로 고통이 스며있는지도 모른다.

임윤찬과 광주심포니오케스트라의 협연을 듣고 있다. 베토벤의 황제 2악장이 흐를 때 하필 거리에 있었다. 햇살이 촘촘히 내리며 사물에 부딪혀 부서지는 정오의 눈부신 시간 속에 아름다운 선율을 들으며 이 곡이 찬란한 것은 작곡가와 연주자가 시대를 거슬러 협력했기 때문이란 생각이 들었다. 자신의 묘비를 새기듯 정성스러운 작곡가와 그 곡을 정교하게 분석하여 완벽을 추구한 연주자들의 현재가 마주한 광경을 들으며, 두려움 없는 슬픔에 대해 생각하게 했다. 떠나보낼 것을 알고 있기에 이미 슬프지만 그렇기에 더욱 단호해지는 마음의 강건함은 날카로울 만큼 찬란했다.

부모님이 가져온 산의 향기는, 그 향기를 최상으로 옮긴 엄마의 손맛은 기억 속에서 곰삭아 아련하고 희미한 환희를 불러일으킨다. 과거는 기억 속에 살아있음으로 인해 현재가 된다. 다시는 만질 수도, 들어볼 수도 없는 아버지의 산 내음과 엄마가 만든 풍성한 거섶들의 추억은 돌이킬 수 없어도 내가 살아 있어서, 슬픈 기억만은 아니다. 베버의 <현을 위한 아다지오>가 흐른다. 아름다운 기억을 뒤로 하고 살아가는 슬픔은 이 곡만큼이나 애절하지만 죽음과 시대를 거슬러 성사된 예술가들의 현현이 연주 속에서 환희가 된다. 슬픔이 담아내는 환희를 눈감고 감상한다. 기억과 연주가 빚어내는 감미롭고 애틋한 향기가 공중으로 흩어지며 기억으로 스민다. 하여 수천억의 환생은, 일상에서 이토록 구체적이다.

# 벌레와
# 유리창과 나

카페에 가면 늘 앉는 자리가 있다. 가장 뒤쪽 구석 자리들이 인기가 있지만 그만큼 사람들의 손때를 많이 타서 굳이 선호하지 않는다. 비어 있을 때조차 거기에 자리 잡지 않는다. 그곳의 바로 앞자리, 발코니와 반쯤 연결되는 자리가 몇 달간 거의 지정석이 돼 버렸다. 벽에 콘센트도 있어서 급하게 충전해야 할 때를 대비할 수도 있고 무엇보다 바깥 풍경이 보인다는 점에서 마음에 들었다. 학창 시절 때도 낸 창가 맨 끝 바로 앞자리를 선호했다. 주니가 나서 수업을 귓등으로 들으며 창밖을 바라보면 먼지 가득한 운동장을 달리는 친구들이 보여 가끔 선생님 몰래 손 흔들기도 했다. 대학 시절에도 창가 자리를 잡게 되면 그렇게 좋았다. 햇살이 좋은 날은 특히나 느릿한 교수의 강의를 배경 삼아 창밖으로 바라보곤 했다.

창가이지만 길게 이어진 선의 중심에서 벗어날 것, 구석이지만 움직임의 반경이 편리를 놓치지도 말 것. 며칠 카페 이 자리 저 자리 돌아다니다가 마침내 선택한 자리가 지금 앉은 곳이다. 지금까지 다행히도, 어떤 시간에 오더라도 이 자리는 비어 있었다. 그 운이 고마웠다. 시선이 트인 반경이 아마도 가장 넓을 이 자리, 바깥과 안과 복도까지 모조리 시선에 담을 수 있는 이 자리. 벽에 붙은 스피커가 가까워 듣고 싶지 않아 소음 같은 노래는 노이즈캔슬링 이어폰이 가뿐히 차단해 주었다. 공기를 흡수해 진공으로 만드는 공간에 들어선 것처럼 이어폰을 착용하는 순간 소리는 흡수 후 분리수거장에 버려졌다. 선택한 자리, 선택한 음악, 선택한 음료를 마시며 글을 쓰는 시간은 축복이 되었다. 오늘처럼 뭘 써야 하나 들썽하며 빈 공간을 바라보던 시간에도 내게는, 이 축복의 시간이 사랑스러웠다.

오늘도 자리에 앉아 작업을 할 준비를 하는데 평소보다 작은 생명체들이 눈앞을 어지럽히는데 숫자가 과한 듯했다. 손을 휘저어 보지만 개의치 않고 주변을 동글동글 돌아 날아다니는 벌레들을 보며 잠시 웃었다. 당연한 수순으로 발코니 폴딩도어를 보니 수십 마리의 날벌레들과 파리와 모기가 유리에 붙어 헤매고 있었다. 잠시 고민하다가 초음파로 벌레를 퇴치한다는 앱을 깔았다. 최대치로 소리를 올려 보았지만, 벌레들은 여전히 창에 붙어 잘 기어 다닌다. 잠시 고민하다가 크고 긴 유리문을 밀어서 틈을 만들었다. 기역으로 꺾이며 열리는 문의 위아래로 틈이 생겼다. 개인 공간이 아니기에 전체를 열 수는 없어서 앉은 자리 옆을 조금만 움직였다. 투명한 안과 밖의 경계에서 왜 날아갈 수 없는지 어리둥절해 그 자리를 돌고 도는 저 벌레들이, 어쩌다 보면, 내 핸드폰에서 나는 초음파 소리가 싫어서라도, 마침내 보이기만 하고 닿지 않던 넓고 시원한 바깥으로 날아갈지도 모를 일이라 생각했다.

다시 잠시 바깥을 바라본다. 무수한 차와 오토바이

가 오가고 사람들이 건널목을 건너고 어딘가는 햇살로 눈 부시고 어딘가는 짙은 그늘 속에 잠겨 있다. 보기 흉한 플래카드도 걸려있고 건물들 사이로 하늘은 전형적인 하늘색으로 물들어 있다. 가로수는 할 말을 잃은 현자처럼 우두커니 서서 무심히 세월을 흘려보낸다. 낮은 화단에 핀 이름 모를 꽃들은 매연 가득한 사거리에서도 선명한 빛으로 꽃답다. 어딘가 숨어들듯 움직이고 있을 길고양이를 생각한다. 근린공원 한가운데를 맹렬하게 무리 지어 날아다닐 날벌레들을 생각한다.

아이스커피를 한 모금 넘기고 다시 유리를 바라본다. 날벌레들이 줄었는가? 글쎄 기분 탓일까? 아니, 분명 숫자가 줄었다. 열 마리도 채 보이지 않는다. 자세히 보니 위아래로 흩어져 있고 그 숫자도 줄었다. 카페 내 몇 시간을 보아도 뭉쳐져 있던 수십 마리기가, 공간 내 다른 곳으로 흩어졌을 수도 있지만, 부디 바깥으로 날아갔기를 바란다. 어떻게 이곳에 들어오게 된 것인지 알 수는 없지만 며칠이 평생일 벌레에게 답답하고 좁은 카페 안에서, 보이는 바깥을 두고 헤매기만 하는 게 안돼 보이기 때문이다.

고백하자면 내 편리 외에는 무심한 편이라 벌레를 마주하고 처음 든 생각은 전기벌레퇴치기를 갖고 다녀야겠다는 생각이었다. 귀찮은 게 많은 성격에 앞서 언급한 과정은 시간 낭비로 자동분류된다. 카페에 벌레퇴치 약을 뿌릴 수 없으니, 이 창가 자리를 사수하기 위해서는 가장 손쉬운 방법이라 생각했다. 죽은 벌레가 후드득 떨어지면 모아서 버리면 그만일 거로 생각했다. 구매를 위해 가게를 들러야겠다는 생각도 했다. 무심코 무자비해지는 무신경한 성격은 다정과 거리가 멀어서 스스로 걱정되곤 하는 게 바로 이런 면이다. 관찰하고 바라보고 그러면서도 벌레 때문에 덜 괴로울 방법을 고민하게 된 시간적 여유가 강제됐기 때문에 가능했던 이 작은 사건. 이제 거의 모든 벌레가 사라졌다. 다르게 생각하고 자세히 바라보면 공존하면서도 쾌적할 수 있다. 조금만 부지런해져 주변을 관찰하여 살필 것, 공감능력이 부족하다면 관찰력과 상상력을 키울 것. 오늘 카페 창가 자리가 준 선물이 예쁘다.

# 바람 지옥

유난히 운 없는 날이었다. 아침에 눈을 뜬 순간은 평소보다 월등히 상쾌했다. 일어나 물 마시고 커피를 내리며 음악을 틀어놓고 춤도 췄다. 창을 모조리 열어 며칠 눅눅했던 공기를 날리며 하늘이 파란빛으로 환해서 웃음이 났다. 잡곡을 섞어 밥 짓고 외출을 준비했다. 오늘 해야 할 몫을 잘하고 돌아오자고 계단을 뛰듯이 내려가며 다짐했다.

불안한 조짐은 밖으로 나오고 몇 초 지나지 않아 시작됐다. 건널목 앞에서 초록 불이 들어오길 바라며 서 있는 그 짧은 시간이 내내 몹시 추웠다. 감 잡기도 힘들게 온도가 유난히 오르내리고 바람은 자주, 태풍처럼 강하게 부는 봄이었다. 근처 공사장에서 몰려오는 흙바람이 차갑게 머리카락을 헝클였다. 재채기하고 눈을 비비며 실내로 들어가면 괜찮을 거라 자신했다. 근거 없이 자신감 넘치는 습성과 쓸데없는 낙천성은 이런 데서나 작용했다. 실은 무엇보다 다시 집으로 돌아가 외투를 두꺼운 것으로 갈아입는 게 귀찮았다.

그러나 실내도 추웠다. 사월이 끝나가고 있었지만, 평소 히터를 켜주었는데 오늘은 그렇지 않았다. 볕이 좋으니 좀 있으면 나아지겠지, 다시 긍정적으로 자신하며 창가에 앉았다. 역시나 창이 큰 테라스 틈새로 바람이 신나게 들어오고 있었는데 정작 나가고 싶어 하는 벌레는 나가지 못하고 맴돌았다. 손쓸 수 없는 영역을 곁에 두고 미룰 수 없는 일을 처리한 후 신청해 놓은 강의를 들었다. 노동 시간과 페미니즘을 엮은 강의는 세상의 중심에서 밀려 마치 빈칸처럼 처리되는 사람들의 삶에 정확한 손길을 보내고 있었다. 좋은 강의였으나 계속해서 실내는 너무나 추웠다.

식사하러 잠시 집으로 돌아갔다. 서둘러 비빔밥을 만들어 먹고 이참에 외투를 하나 더 챙겨 입고 거리로 나섰다. 마우스패드를 반드시 챙겨 와야지 했지만 그새 잊은 채 내려와 다시 건널목 앞에 섰다. 추웠다. 상의만 세 개를 입고도 추웠다. 무엇보다 머리카락을 헝클이고도 모자라 온갖 먼지를 흩뿌리는 세차고 힘찬 바람의 기운에 정신없었다. 자꾸만 억울한 감정이 올라왔다. 봄인데, 진짜 봄에 이런 날씨 너무 심각하게 정말 너무한 거 아니야? 지구는 무심히 자전하고 공전하면서 밤낮과 계절을 흘려보내는데 나 혼자 시간의 흐름에 민감해하며 감정적으로 변하고 있었다.

자리에 돌아와 앉았지만, 여전히 추웠다. 젠장, 젠장 중얼거리며 핸드폰을 열어 앱을 켰다가 잠시 들여다보고 다시 닫았다. 저금리 시대를 살아가자니 가난한 내가 불쌍해서 조금씩 모은 돈으로 투자한 주식이 화끈하게 결딴나고 있었다. 잊은 듯 묵혀두면 언젠가는 회생하지 않을까 희망을 품어 보았는데 바이든 말대로 "이것이 자본주의"였다. 댓글 창에 곡소리들이 우렁찼다. 처음 해보는 주식이라 두려움도 컸기에 단타만 찍고 나와 볼 생각이었다. 이 모양이 된 게, 무시로 침투한 무기력에 잠겨 빠져나올 시기를 놓쳤기 때문이기도 했다. 덕분에 시간은 바로 돈이라는 진리를 뼈저리게 깨닫게 됐다. 하지만 결과적으로 이 모든 건 변명에 지나지 않는다.

머리카락은 손가락을 넣어 빗어보아도 엉킨 타래가 풀리지 않는다. 운동이라도 하러 가려면 선크림이라도 발라야지 하며 꺼낸 선쿠션을 떨어뜨렸다. 발밑으로 침잠하는 기운을 좀 끌어올리려 좋아하는 애니메이션을 틀었으나 잠시 후 노트북이 와이파이 신호를 못 읽고 신호가 끊겨 버렸다. 집중되지 않아 좋아하는 노래라도 들으면 낫지 않을까 하고 선곡한 음악은 비트가 강한데도 이별 노래처럼 슬펐다.

**모두가 각자의 전장에서 힘들게 싸우고 있으니,**
**비록 타인에게서 지옥을 마주할지라도**

## 그에게 친절을 베풀라.*

눈을 감고 내가 마주한 전장과 나를 마주할 이들이 마주할 지옥을 떠올렸다. 꽃은 웃어도 소리가 없고 새는 울어도 눈물이 없다고 조상님들은 입술에서 입술로 지혜를 전해왔다. 웃음소리도 눈물도 없이 아주 멀쩡한 모습으로 오늘의 할 일을 마무리하는 내 마음속은 어이없어 웃어대다 엉엉 울어댄다. 내가 마주한 전장이 지옥이라도 타인에게 지옥을 보여주지 않아야 삶은 저 꽃들과 새처럼 고즈넉이 우아할 수 있을 터이다. 그러나 어리석은 지옥 중생인 나는 기어이 귀가하면 자신에게 화를 좀 내어야겠다고, 이것만은 어쩔 수 없다고 중얼거리며 터덜터덜 걷는다. 건널목은 빨간불이다. 더럽게 차갑고 센 바람이 내 머리에 원한이라도 진 것처럼 몰아쳐 헝클이고 있다.

---

* 조윤제 지음, 윤연화 그림, 『다산, 어른의 하루-날마다 새기는 다산의 인생 문장 365』 중에서, 청림출판

# 친구는 나의 힘

주머니에 휴대전화를 넣었다가 카페에 들러 꺼냈다. 반짝이가 잔뜩 핸드폰에 묻어 있었다. 왜지? 잠시 생각해보니 지난번 나무로 된 다용도 집게를 주머니에 넣은 채로 세탁한 게 떠올랐다. 주머니를 잠근 상태로 세탁기에서 생존한 집게는 다행히 무사해 보였다. 문제는 트레이닝복 상의 주머니에 있었다. 집게를 예쁘게 장식했던 반짝이들이 오소소 흩어져 주머니 속을 뒹굴고 있다. 털어내어도 숨어있던 녀석들은 빼꼼 고개를 내밀기 일쑤였다. 성가시게… 이 주머니는 당분간 아무것도 넣을 수 없겠네, 하며 한숨을 쉬면서 핸드폰을 붙안은 반짝이들을 털어냈다. 떨어지는 반짝이들은 이름 그대로 반짝반짝하면서 공중을 휘돌아 내려앉았다. 손도 바닥도 반짝반짝 빛이 났다. 문득 이걸 선물한 친구가 떠올랐다. 반짝이는 빛처럼 다가왔던 소중한 사람의 이름을 입 안으로 굴리며 잘 지내니? 물음을 보냈다. 덕분에 나 반짝이 사람 됐어. 하면 그이는 속없는 사람처럼 웃을 테지. 반짝이 사람이 되고 보니 반짝이가 예뻤다. 멀리서 바라보면 작게 부서지는 크리스마스 전구 빛 같을 것이다. 나도 속없는 사람처럼 웃었다.

오늘은 큰마음을 먹고 모 미술 여행 프로그램을 신청했던 날이었다. 날짜가 다가올수록 조금의 불안과 조금의 설렘을 안고 무엇보다 컨디션을 잘 유지하기 위해 애썼다. 며칠 전 무척 아팠을 때는 덕분에 속상한 마음이 컸었다. 지난밤에, 오래된 모델이라 충전과 유지 시간 모두 짧은 카메라를 미리 충전해 두고 만일을 위해 해열제와 안정제, 비타민과 안약 등의 상비약을 가방에 넣고 무선 이어폰도 충전을 완료해 놓았다. 반드시 가고 싶었다. 모르는 사람들 속에서 부대끼는 시간을 못 견뎌 하는 만큼 이번에는 거기에 머물며 다양한 작품을 바라보고 감상하며 내 안의 어떤 지점도 충전해 보고 싶었다. 하지만 아침 일찍 잠에서 깨어선 왜인지 움직일 수가 없었다. 물을 마시고 커피를 내리고 스트레칭을 해보아도 불안감은 자꾸만 커져서 마침내 숨쉬기 힘들 지경에 이르렀다. 갈 수 없다는 마음이 완강하게 뿌리내렸다. 집합 장소가 걸어서 20분이 채 되지 않는 곳이라 시간은 넉넉하다 못해 넘쳐났다. 그러나 울고 싶을 만큼 갈 수 없다는 말은 주문처럼 물길을 만들고 부풀어 마음을 지배했다. 담당자에게 몸살이 났다는 거짓말과 정말로 죄송하다는 메시지를 남기고 나서야 숨을 들이켤 수 있었다. 살 것 같았다. 그러나 정작 문제는 그다음에 있었다.

십 분도 안 되는 시간이 흘러가는 동안 나는 스스로가 한심해 견딜 수가 없었다. 너는 그것도 못 하니? 너는 도대체 할 수 있는 게 뭐니? 나를 물어뜯어 내는 생각이 꼬리를 물었다. 생각을 단절하기 위해 외국어 앱을 구동해 오늘치 학습을 강행했다. 하지만 다음 장으로 넘어가는 틈틈이 우울한 생각은 침입해 들어와 머릿속을 할퀴었다. 꾹꾹 누르며 공부를 한 것도 무색하게 밀려오던 우울감은 이내 정수리 끝까지 찰랑댔다. 자주 사용하는 SNS에 접속해 이런 상태를 웅얼거리고 나왔다. 뭘 끄적여 봤자 아무 소용이 없다는 걸 알지만, 특정인에게 말하는 걸 잊은 것처럼 살아온 세월이 길었던 터라 참을 수 없을 때마다 그곳에 터져 나오는 말들을 적었다. 나는 대상이 한두 명 혹은 소수로 정해진 상태로 대화를 나누는 것은 잘 못하는 사람, 대상을 추정하기엔 다소 대중없을 때는 말을 잘하는 사람이었다. 프리젠테이션이나 사회를 맡아 진행하는 게 스몰토크나 소집단 토론보다 편안했다. 그러니 내겐 친구로 묶인 사람들이라 해도 무작위로 노출되고 무작위로 대화를 할 수 있는 SNS 소통이 덜 부담스러웠다. 어차피 사람이란 타인을 알 수 없는 존재이니 가깝지 않은 거리에서 관조하는 대상들에게 말을 건네는 게 서로가 상처를 덜 받는 일이라 생각했다.

머리를 쥐어뜯으며 오전을 보내고서야 벌떡 일어나

세수하고 옷을 갈아입었다. 머리카락을 단정히 빗고 가방을 다시 털어 요즘 노트북을 지니고 다니는 가방에 정돈해 옮겼다. 친구가 선물한 미스트를 뿌리고 친구가 선물한 보습크림을 바르고 친구가 선물한 선크림을 토닥였다. 친구가 만들어 선물한 향수를 뿌리고 친구가 만들어 선물한 인형에게 인사를 했다. 나츠메, 다녀올게. 괜찮다고 등을 떠밀어 준 친구의 댓글을 읽고서 친구가 보내준 텀블러를 가방에 챙겨 넣었다. 친구가 보내준, 아직도 많이 남은 빵과자를 가지고 나오지 못해서 안타까웠지만 다음엔 그것도 챙기고 다음엔 친구가 보내준 향기로운 차 티백을 생수에 담을 예정이다. 이 모든 걸 건넨 이들은 느슨한 관계망이라 생각한 SNS에서 만난 친구들이었다.

나와서 서니 햇살 속이었다. 언젠가 나는 내가 너무 싫다고 했을 때, "나는 네가 통째로 좋기 때문에 네 속에 무엇이 있든 상관없다"라던 친구의 말이, 쏟아지는 햇빛과 몰아치는 바람 속에 선명했다. 아, 나는 조금 외로웠구나. 하지만 나보다도 먼저 그걸 알아차린

너희들은 다채로운 모습으로든 존재를 알려주는구나. 주머니에서 뿌려지던 반짝이의 흔적처럼, 어느 순간 생각지도 못한 모습으로, 드물지만 정확하게 내 눈을 직시하고 있었구나. 두드러지지도 않고 성긴 관계, 눈앞에 보이지도 목소리를 잘 들려주지도 않는 멀고 다정한 친밀함의 상냥함을 생각한다. 바라보면 창밖의 풍경은 실내에선 잡히지 않는 바람이 나뭇가지에 걸려 손을 흔들고 있다.

# 비내리는 풍경이 짙다

비가 내려서 다행이라는 생각을 한 적이 거의 없었다. 비는 내게 이내 축축해지는 운동화나 습하고 더러운 냄새 가득해 멀미 나는 꽉 찬 버스 속이나 교통사고가 크게 난 이후부터는 아파도 몸을 일으켜 출근해야 하는, 불쾌하고 괴로운 기억의 연속이었기 때문이다. 게다가 지난해 직원들과 나눠 마실 커피를 사고 돌아나온 길에 미끄러져 발목 인대가 파열된 이후로는 비가 내리면, 미끄러져 다칠까 봐, 그래서 내 몸 하나 지탱하는 게 고역인 시간이 이어질까 봐 두렵기도 했다. 직장을 그만두고 두 달 가까이 앓아누웠었다. 목발 생활을 몇 달 하면서 사무실에서만 머무는 직업이 아니었던 터라 그렇지 않아도 무너져 내렸던 마음과 몸에 더 실질적인 고통이 더해진 상황이었다. 비는 내게 그다지 너그럽지 못했다.

비가 내리면 낮부터 어두운 방 안 침대에 파고들어 따스한 기운을 만끽하며 뜨거운 커피를 마시거나 소셜미디어들을 오가며 유쾌하고 가벼운 콘텐츠를 소비하는 게 좋았다. 저기압이 주는 두통과 몸살기에도 진통제 먹고 이불 속에서 몽글몽글해지는 시간은 솜사탕처럼 폭신하고 달콤했다. 나는 이 달고 폭신한 시간을 사랑했다. 누구나 아는 유행어나 농담 같은 것을 주고받으며 눈을 접어 웃으면 부서지는 웃음소리들이 별사탕처럼 쏟아지는 시간처럼, 비 내리는 날 오후 혼자만의 시간과 그때 이불 속에서 풍기는 향긋한 체향 같은 것들을, 나는 사랑했다.

비가 내리면 습해져서 제습기를 돌려줘야 하는 녹록한 제주의 기후는 자칫하면 곰팡이를 달고 왔다. 첫해 내내 싸웠던 곰팡이와의 전쟁은 집을 엉망으로 만들 뿐 아니라 아껴둔 물건들을 앗아갔다. 깊고 넓게 침투한 곰팡이는 손쓸 수 없게 사물들을 망가뜨리고 앗아갔다. 지금은 조금 더 살 만한 바다 가까운 지역으로 내려왔고, 지금은 또 조금 더 살 만한 층수에서 살아가면서 습기는 덜 괴로운 일이 됐다고 하지만 역시 물기가 손끝에 맺힐 듯 습한 날, 제습기를 틀면 습도가 90을 넘기 일쑤였다. 나의 솜사탕 같은 일상을 지키기 위해서 주기적으로 제습제를 교체하고 주기적으로 제습기를 가동해야 했다. 그 노력에 보상하듯 뽀송뽀송해지는 순간이 오면 공중에 뺨을 맞대고 싶어졌다. 적당하게 건조해 쾌적한 공기가 기꺼웠다.

비가 내려 제습기를 돌려놓고 집을 나섰다. 이불 속이 달큰하고 뽀송했지만, 침대 속으로 빨려 들어가는 이 감각에만 머물 수는 없었다. 창밖으로 보이던 풍경에 망설이지 않은 것은 아니다. 다만, 이렇게 매번 잠겨 들고 매몰되는 상황이 부대꼈다. 외출해야 할 때마다 괴로운 건 그만두고 싶어졌다. 비 내리는 날뿐 아니라 유사한 여러 상황에서 조금 더 다채로운 감각을 갖고 싶어졌다. 비가 내려서 좋다, 싫다, 로만 나눠진 감정은 지나치게 단순해서 오로지 그 감정 자체에 묶이기 좋았다. 아니 묶여왔다. 누군가가 나를 이렇게 묶어 끌고 간다면 내버려 둘 수 있었을까? 절대로, 단언컨대 발버둥 쳤을 터다. 자유가 강제되는 시간을 못 견뎌하지 않았던가. 그런데도 왜 이토록 외부로부터 오는 자극에 단정적일 만큼 단순하게 호오好惡로만 얽매인 삶을 살았던가.

비가 내린다. 순일하게 피어오르는 감각으로 매번 달랐을 비와 매번 달랐을 공기의 흐름을 누리고 싶다. 길을 나서서 카페로 들어서는 짧은 시간을 우산 없이 걸었다. 우산이 답답해서 잘 챙기지 않는 게 습관이기도 했고 오랜만에 잠깐이라도 비를 맞고 싶기도 했다. 카페에서 마시는 커피와 카페에서 내려다보는 풍경을 깊은숨을 들이쉬고 내뱉으며 몸으로 담는다. 커피 향은 둔중해진 머릿속을 건드리고 테라스 밖 초록이 무성해지는 가로수가 비에 젖어 무심히 짙다. 바람이 잎새 사이를 날아간다.

# 손톱을 깎기와 중도의 길, 귀신의 길

손톱을 깎는 일을 귀찮아한다. 예쁘게 손을 다듬거나 손톱에 다양한 색과 무늬를 넣는 사람들이 남녀노소 가리지 않고 많아지고 있어서 예전보다 화려한 손톱에 대해 너그러워진 시선이 대중적이라 하더라도 손톱 깎는 일조차 성가신 입장에선 매니큐어를 바르는 것도 큰 행사에 해당했다. 좀 격식 있고 단정해 보여야 하는 압박이 있는 약속이 잡혔을 때라야 연한 빛으로 손톱을 정돈했다. 그러니까 내게 손톱을 예쁘게 하는 업무는 연중행사에 가깝다고 하겠다.

손톱이 예쁘냐 하면 그것도 아니다. 내 손톱은 영양 부족의 지표라 불리는 다양한 형태의 흔적이 고스란히 담긴, 일종의 표식이다. 핑크빛이 도는 윤기 있고 매끈한 손톱을 가졌던 기억은 아이 때로 한정된 듯하고 울퉁불퉁한 세로선이 항시 도드라지고 가끔은 중간이 움푹 패기도 하고 가끔은 찢어지기도 하고 가끔은 흰색 무늬가 올라오기도 하는 등 캠퍼스가 따로 없다. 와중에 흰색 무늬가 올라올 땐 초승달 같다며 좋아하기도 하다가 좋기도 하겠다, 혼잣말도 한다. 정작 손톱을 관찰하는 시기는 손톱 주변 거스러미를 잡아당겨 피를 봤을 때 정도나 손톱으로 자기 살을 할퀴다 못해 살점이 움푹 패어 피가 났을 때 정도니 대부분 피가 났을 때나 들여다보는 정도라 하면 맞겠다.

밤에 손톱 발톱을 깎으면 귀신이 그걸 먹고 다가와 죽는다던가 그런 전설도 있는 듯하지만, 사실 손발톱 깎을 시간이 낮에 생기는 경우는 대부분 드물지 않을까 싶다. 낮은 살아 움직여 활동하는 사람들이 많고 나 역시 낮엔 나름 해야 할 일들이 띄엄띄엄 이어져 있어 손톱이 살갗 여기저기에 생채기를 내더라도 내버려 두기 때문이다. 하루의 먼지를 뒤집어쓴 몸을 정갈히 하고 나서야 비로소 손톱 너도 정리해 주겠다, 이런 마음이 생긴다. 앙칼지게 존재를 알리던 손톱아, 안녕? 잠시 수줍게 인사를 나눔과 동시에 이별은 시작된다. 너는 깎여나가고 내 피부는 당분간 평화를 얻을지어다.

그 평화의 기간을 늘리려면 최대한 짧게 자르면 좋을 텐데 그건 불가능의 영역이다. 예쁘게 손톱 정리를 못 하면서 우습게도 바싹 자르지도 못하는 게, 예쁨이 귀찮음의 영역이라면 바싹 깎는 건 고통의 영역이기 때문이다. 살 가깝게 짧게 자르면 이 손톱은 또 항의한다. 손톱 밑이 찢어지고 피를 내보이며 자신의 존재를 증명하는 것. 아니 너는 왜 길어도 짧아도 이렇게 피를 보고서야 직성이 풀리냐, 들여다보고 물으니, 대답이 가관이다. 중도의 길을 걸으라는 계시로 여기란다.

하여 어제도 나는 겸허히 도를 닦는 마음으로 손톱을 깎았다. 중용, 중도 비슷한 말들을 되뇌며 지나치게 길지도 짧지도 않아 피 보는 일이 없을 만큼의 적당함을 찾는 여정의 길을 걸었다. 5분도 안 되는 짧은 여행이었지만 나는 진심 침잠과 몰두의 무아지경, 그 완벽한 몰입의 상태로 손톱깎이에 임했음을 선언한다. 아, 그러하다. 수도의 길과 득도의 길은 먼 곳에 있지 않다. 이렇듯 사소한 일상에 깃들어 참으로 신묘하게 사람의 깊이로 파고드는 것이다. 그리하여 나는 잠시지만 깊이 있는 사람으로 존재했다.

마무리 정리조차 완전했다. 침실에서 손발톱을 깎았지만 잘려 나간 손톱 발톱 부스러기들은 거실 휴지통에 버렸다. 물론 귀신이 잡아먹을까 봐 무서워 그런 건 아니다. 귀신을 논하는 건 수도자의 자세가 아니기 때문이다. 단지, 내 청결의 척도를 높이 잡아둔 터라 몹시도 충실했을 뿐이다. 그리고 다행히 가위에 눌리지도 않았다. 응?

누군가의 시선에는 성에 차지 않고
어떨 때는 누군가의 온정에 기대어 버텨온
세월 내내, 정말로 나는, 망가지고
엉망인 모습인 그대로 '최선'이었다.

# 우리는
# 나쁘지 않다

비가 종일 내렸다. 비가 내리는 날은 추운 날보다 환기하기가 어려웠다. 밥을 해 먹고 창을 열어 놓으면 방충망에 걸려 맺히고 들이치는 빗방울에 자꾸만 그닐거려서, 바라보면 바잡은 마음이 들었다. 자글거리는 심정으로 창가를 서성이다 창문을 닫으면 냄새는 여전히 집안을 맴도는 것 같아서 또 괴로웠다. 오늘처럼 열이 나서 앓는 날이면 감각이 민감해져서 자신을 더 괴롭게 만들었다.

아침이 밝아오니 흐렸던 기운은 거짓말처럼 흩어지고 오직 질푸른 하늘과 가로수가 하루를 알려줬다. 창을 열고 바라보며 한포국해졌다. 단순할 만큼 날씨에 여전히 지배당하는 자신을 알아채며 소리 내 웃었다. 어떠랴 싶었다. 이런 단순함이 개조해야 할 만큼 나쁜 건가 생각하며 자꾸만 보채며 밀고 나가는 사회에서 다시 한 발을 빼고 멀어지고만 싶었다. 군중심리에 쉽게 흔들리는 마음을 갖지 않았다고 생각했지만 그건 말 그대로 오산이었다. 나는 이 사회가 요구하고 욕망하는 '올바름'에 스스로 꿰맞추며 깎아내고 늘리느라 기진맥진했다.

지난 하루는 아팠다. 아팠기 때문에 쉬는 게 당연하고 아픈 다음은 회복기가 있어야 하는 걸 잊고 살았다. 아픈 게 눈치 보이고 죄가 되는 게 사회생활이었다. 자주 아픈 것은 자기 관리를 못 하는 낙오자의 모습이라고 주입했다. 돌이켜보면 자주 아픈 이유는 과도한 업무 때문인 경우가 대다수였는데, 객관적 자료에도 불구하고 사람들은 쉽게 인상에 지배받고는 했다. 아픈데도 열심히 일하는 사람이 아니라 아파서 비실대서 일을 못 쳐낼까 걱정되는 사람으로 기억했다. 우리나라에서 번아웃되는 직장인이 많은 이유는 아마도 여기에 있는 게 아닐까 싶었다. 조직 생활을 하면 어쩔 수 없이 그 조직의 분위기에 젖어 든다. 버텨보아도 어느 순간 나도 모르게 조직의 시선으로 자신을 재단하고 마는 것을 발견하게 된다. 어제가 그런 날이었다.

지금은 나를 옥죄는 시선에서 자유로울 수 있을 것만 같은데도 실상은 전혀 그렇지 못하다. 습관이 돼 버린 관점은 수시로 일상을 파고들어 뒤흔들어 댔다. 아프면 약을 먹고 따뜻하고 부드러운 식사를 하고, 쉬어야 하는데도 어제 나는 어땠는가. 샤워를 마치고도 외국어 학습 앱에 과몰입하느라 다시 열과 통증에 시달렸지 않았는가. 건강한 식사와 여유로운 독서를 대하는 태도에는 민주대면서, 보다 시선을 잡을 일에는 열광적이지 않았던가. 사회가 말하는 객관적 지표에 가까운 일을 하여 결과를 생산하는 데에 기준 삼아 움직이지 않았던가. 자신의 목소리에 정직하게 대답하고 있다 여겼지만, 알고 보니 순 잔미운 짓만 골라 하고 있었다. 나는 내가 부끄러워졌다.

문득 어떤 드라마의 대사가 떠오른다. "타당한 설명인가가 아니라 최선의 설명인가 하고, 물어야 한다." 아, 하고 잠시 탄식했던 것 같다. 지금껏 오래 그 '타당성'이라는 말에 매몰되었다. 타인의 시선에 기대어 그것이 올바름이라 여기고 나는 나를 설명하려 애써왔다. 하지만 '최선'이었느냐고 묻지는 않았다. 타당하지 않은 나를 두고 죄책감에 흔들리는 동안 나는 나의 '최선'을 외면해 왔다. 다시 물으면 간곡하게 대답할 수 있다. 그래, 최선을 다했어. 이것만은 진심이다. 누군가의 시선에는 성에 차지 않고 어떨 때는 누군가의 온정에 기대어 버텨온 세월 내내, 정말로 나는, 망가지고 엉망인 모습인 그대로 '최선'이었다.

비가 내리면 또 자글거리며 창가를 서성이고 별이 나면 한포국해져 창을 열어젖히고 몸을 반쯤 빼내어 함박웃음을 지으면서 지낼 것이다. 비가 내리면 자주 아프고 열이 나고 우울증이 파고들고 별이 나면 그대로 서글퍼져서 웃다가도 울게 될 것이다. 하지만 그래서, 박찬욱 감독의 영화 「헤어질 결심」 대사 "내가 그렇게 나쁩니까?"라는 질문을 하게 만드는 사회는, 관계는 틀렸다. 매번 최선으로 무너지고 최선으로 일어서 왔다. 매번 애써 봐도 제자리일 뿐인 생이었지만, 어떨 땐 뒷걸음치는 생이었지만, 나는 최선이었다. 누가 내게 나쁘다 대답할 수 있는가. 너는 그래서, 나빴던가. 아니다. 결코 절대, 그렇지 않다. 스스로 저 질문을 하며 아프지 않아도 된다. 우리는 최선이었다.

## 날선

## 웃음

요즘 많이 나아졌다고 생각했다. 많이 웃었고 거의 매일 글을 썼고 계획한 일과대로 대체로 흘러갔다. 민주대며 시간을 끌던 식사도 잘 챙겨 먹었고 간동하게 가방을 정리하고 사뜻하게 차려입고 카페를 찾았다. 미추룸한 가로수들은 바람과 볕을 받아 흔들거리면 그 아래 사거리 건널목에서 미리 어플로 커피를 주문했다. 움직이지 않을 때는 최소한의 행동으로 오래 게으르지만 움직이기 시작하면 허투루 시간을 보내지 않았다. 나는 나를 통제하는 데 기쁨을 느꼈다.

마음이 서벅거리기 시작했지만 그걸 돌보고 싶지 않았다. 변함없이 나를 찾아오는 매일의 우울을 외면

했다. 약을 먹고 있으니 괜찮다고 여겼고 대체로 괜찮았다. 공들여 쌓은 일상의 평온은 어떻게든 유지되어야 했다. 그러니 가끔 돌부리에 걸려 뒤뚱거리듯, 거치적거리는 통증은 그처럼 잠시 뒤뚱거리다가 본디 자세로 돌아오면 되는 거로 생각했다. 시간은 부드럽게 흘러갔다.

노동절이 되어 스스로 글 쓰는 노동자라 여긴 만큼 다른 날에 조바심 내며 이룩한 일정을 모조리 내려놓고 기념하며 쉬었다. 침대에서 거의 시간을 보내며 과자와 우유, 커피를 마시며 때구루루 굴러다녔다. 오랜만에 긴장을 풀어냈던지라 휴식이 달큰했다. 종종 이런 시간을 보내야겠다고 다짐도 했다. 문제는 그날의 오후로 갈수록 짙어지는 무기력에 있었다.

멍하니 있다 보면 어느 순간 시간은 생각지도 못한 시각에 가 있었다. 시간이 도약하는 것 같았다. 집중력이 사라진 마음으로 커피를 내려놓다가 여러 번 놓쳐 바닥과 사이드테이블을 엉망으로 만들었다. 자신에게도 서분서분해지자고 약속했기에 이 상황 자체를 웃으며 정리했다. 손가락 하나 까딱하기 싫었던 지라 더더욱 웃어야 했다. 하지만 민춤한 행동에 몽총해진 마음은 괴까다롭게 날뛰었다.

기진맥진해졌다. 이번에는 다시 기대어 앉아서 계속해서 먹어댔다. 큰 봉지에 작은 봉지로 나누어진 젤리들을 몽땅 꺼내어 계속해서 뜯어먹었다. 상자째로 다쿠아즈를 가져와 한입에 밀어 넣었다. 1L 우유를 한 모금 마신 후 미숫가루를 채워 넣어 마구 흔들어 통째로 들고 마셨다. 정신을 차려 보니 시간이 밤 23시를 향해 가고 있었다. 집은 순식간에 엉망이 돼 있었고 샤워조차 하지 않았는데 일어나 화장실을 가는 것도 미루며 무기력에 완전히 침략당해 버렸다. 순간 심장이 흔들렸다. 심장을 시작으로 사방으로 뻗어나가는 미묘한 통증에 몸을 구부려 모아 말아 붙였다. 그제야 나는 나의 상태를 인정했다.

온전한 휴식을 바라고, 평소에 쉬지도 못하며 불안

하게 보채던 마음을 오랜만에 겨우 내려놓았다고 생각했는데, 아니었다. 아니어서 또 슬펐다. 우울은 그림자처럼 주위를 서성이다가 긴장을 놓는 순간을 포착하여 물어뜯는 맹수 같았다. 이 맹수는 길들여 지지 않아서 몹시 슬펐는데 나에게 속해있는 어떤 부분이었기 때문이다. 자신을 통제하는 데서 기쁨을 누리는 사람이 그 통제가 압도당할 때, 비참함은 생각보다 큰 상처를 내곤 했다. 나와 나는 서로 마주 보고 팽팽하게 곤두선 신경선으로 서로를 경계하며 신호를 읽어대는 적敵이었다. 서로를 소외하고서야 안심하는 내면이라니. 슬픔과 상처는 돌고 돌며 생채기를 내는 무한반복 속에서 안온했다.

다음 날 오후 늦도록 침대에 엎드려 멍하게 보냈다. 약속이 취소되었고 그 상황을 다행스럽게 여기며 베개에 머리를 박았다. 불안이 슬픔을 이기려 들었다. 무기력을 찢고 들어온 불안이 나의 멱살을 잡고 뒤흔들었다. 불안이 이토록 반가웠던 적이 있었던가. 기꺼운 마음으로 불안을 잡아당겨 안았다. 일어나 밥을 지었다. 레토르트라 하더라도 찌개를 데우고 두부를 잘라 넣고 냉동실에 소분해 둔 야채를 잔뜩 집어넣고 스크램블드에그를 만들고 소분한 샐러드를 꺼냈다. 배불리 먹고 설거지를 마친 뒤 샤워했다. 오랜만에 귀걸이도 끼고 집을 나서니 저녁 18시이었다.

카페에 들어서기 전에 어플로 아이스 아메리카노를 주문하고 거의 내 지정석이 된 구석 자리에 노트북을 켰다. 이어폰을 끼고 오늘의 선곡을 틀었다. 첫 문장을 만들기 위해 서성였다. 그리고 마침내, "요즘 많이 나아졌다고 생각했다." 중간중간 삐걱거리며 글자가 이어지고 문장이 이어졌다. 다시 나는 나아지고 있다. 보초를 선 내 불안이 칼날 같은 마음으로 짙은 해무 같은 우울의 장막을 찢어낼 것이다. 그리고 아마 저 우울은 발이 땅에 닿지 않듯 살아갈 조증의 시간을 끌어당겨 내려줄 것이다. 나는 나아지지 않았다. 오래 나아지지 않을지도 모른다. 다만 제각각의 자아를 가진 듯 도사린 나를 통째로 응시하기 시작했다. 아직 시작조차 하지 않았다는 것에서 안도한다. 날 선웃음이 즐겁게 터진다.

# 여름의 눈

볕이 뜨겁다. 뜨거운 대지 위로 공기는 순환하며 바람을 일으킨다. 따가운 햇살을 빗겨 미끄러지는 바람의 감촉에 잠시 눈을 감는다. 세상은 온통 소란 속에 있다. 사람들 말소리, 자동차 굴러가는 소리, 오토바이가 내지르는 배기관 소리, 버스가 멈추며 내는 한숨 같은 기체 소리. 그 소리를 감지하며 스쳐 가고 오는 바람의 살랑거림과 햇살의 따가움을 동시에 느끼면 감각은 곤두서고 충만해진다. 날카롭게 서는 감각과 별개로 감정은 평온해진다. 깊게 숨을 들이마시고 천천히 내뱉는다. 다시 들이마시고 내뱉는다. 끈적하게 땀이 배어 나온다. 여름이다.

나는 어릴 때부터 여름이 좋았다. 여름이면 아이들이 동네로 골목으로 몰려나와 뛰어놀아도 그 소란을 어른들이 나무라지 않았다. 밤이 되어도 저녁을 먹고 다시 어슬렁거리며 골목으로 나와 우리는 무궁화꽃이 피었습니다, 같은 놀이를 했다. 가끔은 집안일을 마친 엄마들이 각자의 집 대문 앞에 나와 서로 대화를 나누며 우리들의 놀이를 지켜보곤 했다. 땀과 먼지로 새카맣게 된 채 엄마 손 잡고 돌아와선 서둘러 씻고 잠자리에 누우면 그대로 잠들어버렸다. 낮에 충분히 놀았던 만큼 방전된 몸은 서둘러 충전을 가동했다. 선풍기 한 대로 여럿이 모여 잠자리에 들어도 더운 줄도 모르고 아침까지 땀 흘리며 잤다. 방학이 되면 아침을 먹고 바로 밖으로 뛰어나왔다. 방학 숙제들은 생각조차 나지 않았다. 오직 놀이만이 머릿속을 가득 메운 시간들.

어느 여름날, 늘 조용히 책을 읽는 언니를 관찰하다가 왜 책을 읽는지 궁금해졌다. 국민학교 4학년이 되도록 그림 없는 책은 거들떠보지도 않고 그림책조차도 다양한 그림을 보는 걸 더 즐겼다. 이를테면 인어공주라 하더라도 출판사별 삽화가 다 달라서 그걸 비교해서 바라보는 기쁨이 컸다. 지역 도서관이 멀지 않은 곳에 있어서 종종 같은 제목의 다른 출판사 동화를 빌려와 그림 구경을 했다. 그런데 언니는 글자가 빼곡히 들어찬 책을 읽었다. 한 페이지에 한 단도 아니고 두 단도 아니고 세 단으로 나눠 작은 글씨로 가득한 책, 아주 가끔 삽화가 들어있던 책을 세상 가장 쉬운 일인 것처럼 읽어 내려가고 새 책을 꺼내 읽어 내려가곤 했다. 언니가 빠져든 것은 무엇 때문일까? 그림을 보는 것과는 다른 무언가가 있을 터인데 실행해 보지 않으면 영원히 알 수 없는 세계임이 분명했다. 호기심을 참지 못한 어느 날 전집 중 아무것이나 꺼내 들었다.

내가 읽은 첫 장편은 『로빈슨 크루소』였다. 읽자마자 나는 글자의 세상으로 침투해 갔고 넋을 놓고 읽었다. 상상할 수 없는 상상할 수 있는 세상이 글자들이 촘촘히 박힌 종이 속에 존재했다. 엎드린 자세로 읽다가 허리가 아프면 앉아서 읽었다. 너무 조용히 있었던가. 아버지가 문을 열고 들여다보곤 웃다 나갔다. 그것도 귀찮았다. 나와 로빈슨의 세상을 방해하지 말았으면 했다. 오빠가 옆에 와서 툭툭 치며 밥 먹으라고 부르신다는 말에 정신이 번쩍 들었다. 입맛도 없었다. 어서 이것을 읽어서 끝을 보고 싶었다. 오빠는 왜 부르는데 대답 안 하느냐고 했지만 들리지도 않았다. 옆에 오는 것도 몰랐다. 몰입의 기쁨을 알게 된 4학년 국민학생은 그 해 다독상을 받고 매년 졸업 때까지 다독상을 독차지했다. 1년에 몇백 권을 읽는 나를 따라올 친구가 없었다.

여름방학이 되면 너무나 기뻤다. 하루에 몇 권이든 책을 읽을 수 있기 때문이다. 학교에서도 맨 뒷자리에 앉아 수업 시간에 몰래 독서하는 게 일상이었던 터라 하루가 온통 독서로 가능하다는 건 짜릿한 기쁨이었다. 세계는 책마다 달라서 두꺼운 책을 속독해서 읽어 내려가며 하루에 두세 번 다른 세계를 경험하고 다른 세상의 일상을 누렸다. 골목으로 뛰어나가 놀지도 않았다. 잠도 자지 않았다. 밥 먹는 게 너무 싫었다. 아무도 건드리지 않으면 나는 식음을 전폐하고 책만 읽었다. 거기에서만 숨 쉴 수 있을 것 같았다.

지금 돌이켜 보면 속독하며 읽은 수많은 책의 내용이 잘 기억나지 않는다. 너무 어린 시절에 톨스토이, 도스토옙스키 등을 읽었기에 줄거리만 파악할 뿐인 게 컸던 것도 같다. 그런데도 국민학생 시절, 아 나는 헤르만 헤세보다도 그 누구보다도 도스토옙스키를 좋아하는구나, 하며 취향을 찾을 수 있었다. 그 후 오랜 시간 도스토옙스키였다가 토마스 만으로 넘어간 것은 대학 시절부터였다. 교통사고가 심하게 나서 뇌수가 심하게 흔들린 후 기억의 일부가 삭제되고 엉키고서는 더더욱 내가 뭘 읽었던가 하고 알지 못하며 살았다.

요즘은 서사를 잘 읽지 않는다. 아니 읽고 싶은데 지난해 『토지』를 완독한 이후 잘 엄두가 나지 않는다는 게 맞겠다. 읽어야 할 책들은 너무도 많고 내 지식의 바탕이 되어 줄 책을 우선순위로 고르다 보면 소설은 밀려나기 일쑤였다. 그러나 여름이 오면, 여름이 되면 자꾸만 마음 한쪽이 간지럽고 끓어오르며 두꺼운 소설책들 몇 권씩 싸 들고 산사에 가서 독서만 하고 오는 로망에 빠져들곤 한다. 묵언하며 독서하며 가끔 풍경을 듣고 가끔 산책하며 오롯이 나와 작가의 세상에 잠겼다가 나오기를 반복하는 그 일을, 여전히 꿈꾼다. 아마도 그 일은 현실에서 완벽한 차단막을 내려 순전한 나를 보호하고 회복하는 시간이 될 터이다. 열망 같은 꿈을 꾼다. 전생 같은 꿈을 꾼다. 언젠가 이생에서 반드시 해내고 싶은 꿈을 꾼다. 여름이 자꾸만, 조금은 슬프게도 나를 붙잡고 설렌 눈으로 바라본다. 그 눈을 만지고 싶다.

# 저기 저
# 눈부신 세상

오랜만에 체육복이 아닌 외출복을 입었다. 오랜만에 민낯 위에 곱게 화장을 얹었다. 오랜만에 가방을 바꿨다. 오랜만에 내 활동명과 같은 향수를 뿌렸다. 오랜만에, 이 모든 것을 오랜만에 실행했다. 오래전부터 상상하던 자세를 인제야 실천했다. 변명하자면 많겠지만 언제나 그 결론은 지독한 조울증을 따라오는 무기력 때문이었다. 바깥으로 나가야 한다는 것을 머리는 알고 있었지만, 몸은 움직이기를 거부했다. 오랜만에 거리에 나서면 거리는 이세계異世界처럼 낯설었고 길은 공중에 5cm는 뜬 것처럼 부자연스러웠다. 병원에 갈 때 외에는 길로 나서는 게 무서웠다. 의사는 그럴수록 나가야 한다고 조언했지만 약을 먹어도 각성과 긴장이 유지되는 나로선 실천 불가능 영역에 가까웠다.

심신이 모두 무너지는 기간은 불규칙적이지만 주기적으로 찾아왔다. 그럴 때면 아무것도 할 수 없다. 너무 먹거나 너무 먹지 않거나 너무 자거나 너무 잠 못 들거나 너무 울거나 너무 웃거나. 기본이 중증 우울증으로 세팅된 인생이라 감당할 수 있다고 여겼지만, 몇 년 전부터 새롭게 진단받은 조울증은 평생 겪어보지 못한 새로운 세계로 나를 던져놓았다. 약간만 기분이 고조되어도 며칠에 한 번씩 잠드는 기간이 몇 달이 되고 어떨 때는 냄새조차 맡기 어려워 며칠씩 식사를 거부했다. 상승하였던 기운이 추락할 때는 상승한 만큼의 거리에 따라 가속도가 붙은 채 마음의 바닥에 내동댕이쳐졌다. 그때는 그저 숨을 쉬는 것만이 생존을 확인해 주었다. 나는 다양한 내 시체의 환영을 지나치며 집안을 배회하고 수시로 잠들었다. 가끔 환후나 환청이 오면 서글펐다. 이 모든 고통의 시간을 장식하는 마지막은 메니에르였다. 가만히 기대어 있어도 지독한 어지러움, 귀속에서 매미가 사는 듯 고막을 찢을 듯 들리는 이명. 간간이 어지럽다가 본격적으로 메니에르가 시작되면 서 있기도 괴로워졌다. 다행히 이것은 몇 시간 버티면, 하루 정도 버티면 나아져서 예측 가능 영역이라 불안감은 낮았다.

지독하게 앓고 나면 안정적인 기간이 찾아온다. 헐렁해지고 너덜너덜해진 몸과 마음을 추스르고 나아졌다는 것을 인식하며 흐트러진 자신을 위해 창을 열어 오래 환기하곤 했다. 고통받았던 시간에 일어났던 일을 잘 기억하지 못하는 게 두렵기도 하고 감사하기도 했다. 그저 불어오는 바람에 다 실려 날아가고 몸속 세포 하나하나에 맑은 기운이 들어차기를 간절히, 몹시도 간절히 바랐다. 마주한 다양한 결과를 겸허히 받아들여야 했다. 뜨악할 만큼 카드를 긁어 댔던 것, 뜨악할 만큼 엉망이 된 집안 곳곳, 내 감정과 생각에 취해 벌인 많은 실수, 그런 나 때문에 상처받았을 사람들. 무엇도 핑계밖에 되지 않는다는 걸 그간 경험으로 잘 알아서, 그저 오해받는 사람이 되기로 했다. 무슨 말을 해도 구차해지곤 하기 때문이다. 미안하다. 내 재정 상태든 집이든 사람이든, 혹은 나 자신에게든. 내가 할 수 있는 말은 저 단어 하나였다.

송곳눈을 뜨고 거울을 봤다. 아늠이 홀쭉해지고 아귀힘조차 들어가지 않게 약해져 있다. 애플워치는 손목이 더 가늘어진 바람에 살갗에 밀착되지 못하고 빙빙 헛돌다가 간헐적으로 그러나 하루에 몇 번이나 비번을 요구한다. 초라해진 상태가 지금 내 상황이라고 인지하고 받아들인다. 그러나 저 지긋지긋한 고통이 반복된다. 정도의 크기가 차이 나고 기간이 조금 차이 날 뿐, 반복한다는 것은 변함없다. 그러니 내가 겸허히 받아들이는 것 말고 할 수 있는 게 무엇 있겠는가. 실소를 흘리는 날카로운 내가 우는 것 같았다.

지금 나는 화장을 하고 옷을 예쁘게 차려입고 카페에 왔다. 마치 연인을 만나기 위해 미리 서두른 사람처럼, 향기 하나까지 신경 쓰고 단정하게 자리에 앉았다. 그리고 보이지 않는 거울을 들여다본다. 순한 눈빛일 것이다. 날날이 나를 이루는 조악한 파편들을 얼기

설기 이어 붙인 듯한 모습이 아파 보이긴 해도 다정한 미소를 머금을 수 있다. 글을 쓰고 글의 재료를 모으고 아름다운 것들을 감상하고 상상력을 키우기 위해 애쓰는 이 모든 순간순간마다 정성을 다해야 한다는 소박한 깨달음을 얻었기 때문이다. 자신을 위해 잘 차려진 밥상을 선물하는 게 자신을 아끼는 방법이라는 풍문처럼은 살 수 없을 것 같다. 여전히 자신을 밥상을 차리고 설거지하는 그 시간에서 의미를 찾지 못한다. 어리석게도 그 시간이 아까워서 발을 동동 구를 정도다.

이윽고 골몰하다가 나는 내 작업에 대한 예의를 차리기로 했다. 단정하고 바르게, 자세와 옷매무시를 가다듬고 겸허하고 유연해지기로 한다. 지독한 조울증의 기간과 간격을 알지 못해 여전히 불안하지만 지금 나는 나를 통제하지 못해서 쩔쩔매던 나에게서 한 발짝 떨어져 있다. 지금 당장, 지금, 이 순간에 애정을 가득 담아 살아내기로 한다. 심호흡하고 노트북을 펼친다. 무릎 꿇고 절하는 심정으로 여백을 바라본다. 갈라진 틈을 쓰다듬는다. 그 틈으로 빛이 새어 나와 황홀할 때도 물이 새어 나와 주변을 온통 적셔버릴 때도 있지만, 오늘은 적어도 그저 틈 자체를 인정하며 받아들인다. 마침내 틈 있는 그대로도 음전할 수 있다는 것도 이제는 안다.

# 슬픈
# 더위

아침에는 선선한 바람이었다. 볕은 따사로웠지만 바람이 서늘해서 몸에 두른 모든 것을 벗어내고 하늘 아래 서 있으면 귓불과 목덜미, 겨드랑이, 배꼽, 오금을 지나 햇살과 바람이 고루 깃들 것 같은 날이었다. 눈을 감고 모든 소리가 소거된 듯 바람을 맞고 볕을 맞았다. 잠옷 소매 아래 소름이 살짝 돋았다. 문득 자연에 가까워진 착각이 들었다. 눈 감은 채로 잠시 더 있으면 다시 잠들 수도 있을 것 같았다. 요란하게 달려 나가는 오토바이 소리가 아니었다면 아침 고요를 더 충만하게 누릴 수 있었으리라.

집 안을 정리하고 책을 정리하고 다이어리를 정리

하고 길로 나서는 시간에도 서늘한 바람이 불었다. 정오를 막 넘긴 햇볕은 절정이었지만 공기는 청량하게 흘러 물장구치듯 바람이 불었다. 신호등 파란불을 기다리는 짧은 시간이라도 그늘이 아니라 볕에 서 있었다. 축복처럼 내리는 빛살 하나하나를 놓치고 싶지 않았다. 눈부시지만 않았다면 두 눈 가득 해를 담고 싶은 마음이었다.

카페는 모든 폴딩도어를 닫은 채 서늘했다. 혹시나 해서 두껍고 긴 카디건을 걸치고 왔는데도 싸늘한 기운에 잠깐 콜록거렸다. 오기였을까? 선물 받은 쿠폰으로 빙수를 시켰다. 앙증맞은 크기의 그릇이 나왔다. 조금의 언 과일 조금의 시리얼 조금의 연유와 2/3는 차지하는 아이스크림을, 넘치지 않도록 조심조심 비벼서 야금야금 먹었다. 그간 빙수를 먹을 때 섞지 않고 떠먹는 스타일을 고수하였지만, 오늘 나온 건 내용이 부실하고 아이스크림이 단단해서 오기를 부릴 때가 아니었다. 차가운 공기와 차가운 빙수가 안팎으로 냉기를 날랐다. 잠시 오들오들 떨면서 추위를 즐겼다. 추위를 즐길 수 있는 시절의 막이 막 열린 것 같았다.

잠시 거리로 나서니 얼마 전까지 넘실대던 냉기는 빗방울 자취가 사라지듯 증발하고 온기만이 거리를 맴돌고 있었다. 소용돌이치는 무더위 속에서 잠시 할 말을 잃었다. 이런 변덕쟁이. 오늘의 일기에 대고 쫑알거리며 더위가 밀려오는 늦은 오후의 진득한 볕에 다시 섰다. 건널목을 지나야 했고 그늘이 큰 차양을 옆에 두고도 굳이 미간을 찌푸려 가며 이젠 무거운 검정 카디건을 여미며 신호를 기다렸다. 길고 긴 두건이 있으면 눈만 내어놓고 모두 가린 채 사막을 건너는 사람처럼 의연하고 싶단 생각을 잠시 했다. 상상 속의 그는 눈이 아름다운 사람이다. 수천 개의 별을 담은 눈동자와 깊은 아이홀, 자상한 눈꺼풀을 살짝 접으며 가만히 웃고 있는 모습이다. 어린 시절 소원 중에는 사막에서 별 보기가 있었다는 게 떠올랐다. 무슨 소용인가. 나는 다만 웃었다.

월말에 가까워지면 각종 독촉 메시지가 다양한 방

법으로 날아든다. 문자와 톡과 메일 셋 모두를 이용하는 때도 있지만 대체로 둘 이상의 형식으로 말을 건다. 이자 내야지, 원금 갚아야지, 이자와 원금 갚아야지, 카드값 내야지. 언제나 그렇듯 나는 내가 쓴 액수에 놀라고 나의 가난에 놀라고 내가 버틸 수 있는 시간이 거의 줄어들고 있음에 가슴 졸인다. 자본주의 사회에서 돈은 생존 그 자체이다. 나는 내 생존을 더 밀고 나아갈 에너지원도 고갈됐고 방향도 잃었고 의미는 너무나 어린 시절부터 잃은 사람이다. 그러니 이 메시지들이 내겐 조급함보다는 슬픔을 준다. 이렇듯 내게 곧 닥칠 괴로움은 나 자신이라는 존재보다는 내가 사랑하는 사람들이 나 때문에 치르게 될 몫에 가깝다.

그러나, 그러나 지금은 여름의 나날이다. 무더워서 선풍기 아래로 기어들어 가야 하는 시간, 길거리 계단 어디든 앉아 맥주 한잔하며 친구와 이야기를 나눠도 좋을 시간, 이웃의 소음과 이웃의 냄새를 어쩔 수 없이 열린 창으로 공유하는 시간, 데운 물이 아니더라도 샤워가 가능한 시간, 무언가 활짝 벌려놓고 그대로 집도

문도 나도 하늘도 다 최대치로 열린 것 같은 시간이 시작됐다는 신호, 여름.

가난한 주머니를 뒤적여 맥주 한잔 들고 옥상에 올라가 별을 보다가 모기에게 물려서 긁느라 피가 나도 내 가난이 비참하진 않을 것 같은 날이다. 집에서 추위에 떨며 아파야 했던 공포의 겨울은 아닌 게 어디냐며, 난방비 아껴서 다행이라며 주억거리는 여름이다. 그러니 아침의 그 고즈넉한 별과 바람의 충만감은 나 자신에게 줘도 무방한 잠깐의 기쁨이었다. 자본주의 사회에서 자본적으로 거듭 실패하는 나는, 공포가 머리를 굴려 다가오더라도 조바심이 턱 밑까지 타올라서 귀와 입과 눈을 파고들더라도 터무니없을 만큼 철없이, 세상에 가장 자애롭고 평화로운 한 사람으로, 잠깐의 낭만을 안심한다.

# 웃음
# 찬양

어제는 커피를 두 잔 쏟았고 오늘은 텀블러째로 물을 모조리 쏟았다. 어제까지는 웃고 넘겼는데 오늘은 기어이 짜증이 났다. 짜증이라는 감정 자체를 좋아하지 않는다. 단어도 좋아하지 않는다. 쾌와 불쾌로 크게 나눠지는 감정의 결에서 불쾌로 이어지는 감정을 누군들 좋아하겠냐만 감정 자체가 소거된 채 살아가길 간절히 바라는 만큼, 불쾌를 접하면 특히나 더 당황스럽다.

분노의 감정일 경우에는 그나마 받아들이기 괜찮다. 감정이 격하긴 하지만 그만큼 선명해서 의외로 차분해질 수 있다. 한숨 길게 들이마시고 원인을 살펴 판단하고 그 판단의 근거를 재확인한 후 분노의 방향을 정확히 하면 된다. 짜증의 경우는 그렇지 않다. 자잘하게 긁어 대는 이 감정은, 마치 손끝에 박힌 잘 보이지 않는 가시처럼 신경을 곤두서게 하면서도 해결은 어렵다. 무엇보다 상황도 심각하지 않아서 귀찮은 걸 해야 하는 정도일 때가 많다.

분노는 분명히 목표 지향적 감정이다. 그게 자신이든 타인이든 아니면 사회든 국가든 인류이든 확실한 방향성을 갖는다. 분노에 있어 문제가 되는 것은 분노의 방향이 잘못되었을 때다. 잘못된 방향으로 분노라는 강한 감정을 쏟아부으니 그것은 소모적이고 파괴적인 결과를 낳을 때가 허다하다. 해서 바르게, 제대로 분노하라고 말들하고는 한다. 말이 쉽지, 그건 상당한 시간을 들여 자신과 상대를 살피고 분석하고 정리한 후 내뱉어야 하는 감정이라서 우리는 순식간에 몰아붙이는 강력한 감정에 점령당해 분간 없이 내지르고 만다. 불행은 여유 없는 상태, 거기에 있을 것이다. 따라서 분노는 제대로 훈련하면 효과적으로 살아가는 방법의 하나가 되기도 한다. 물론 타고나길 잘 조절하고 잘 분석하는 사람도 있겠지만, 범인에 불과한 우리는 애써야 한다. 해서 분노를 다스리는 사람, 정확히 분노하는 사람, 명석하게 분석된 분노를 주저하지 않고 표현하는 사람을 보면 감탄하게 된다.

하지만 짜증은 어떠한가. 짜증이라는 감정은 목표지향적이지 않다. 원인은 있지만 그 이유로 불쾌라는 감정을 갖기엔 애매한 근거를 갖는데 자신이든 상대든 이 감정은 하찮음에서 비롯된다. 실수한 자신에 대한 하찮음, 업무 이해도가 낮은 직원에 대한 하찮음, 사회적약자에 대한 인식이 부족해서 막말을 쏟아붓는 언중들에 대한 하찮음, 누군가 다칠 수도 있는데도 길빵 담배를 피우며 걷는 사람에 대한 하찮음, 임산부석에 굳이 앉아서 가는 사람에 대한 하찮음, 그걸 지켜보며 개입하려 하니 귀찮거나 피곤하거나 오히려 해를 입을까 입을 다물고 가던 길 가는 나에 대한 하찮음. 눈치챘겠지만 이 하찮음은 상대를 향한 것처럼 적혀 있지만 기실 자신을 향한 감정이다. 자잘한 듯 보이는 수많은 사건·사고들에서 우물쭈물하며 기분 나빠하는 자신을 향한 감정, 짜증.

그렇다 보니 타인을 향해 짜증이라는 단어를 쉽게 올리는 사람을 대할 때 조금 주춤하게 되는데 많은 경우, 상대를 하찮아하는 감정을 고스란히 드러내기 때문이다. 그 마음의 중심에는 자신의 우월함을 믿고 싶어 하는 심리를 기반으로 초점을 타인에게 전가하는 심리상태, 타인을 탓하기 위해 사용하는 비겁한 언어다. 자신을 향해 “짜증 나!”를 말하는 것도 별로다(나는 내게 잘 외치는 편이다. 반성). 자신을 하찮게 여겨서 얻는 건 무엇인가 말인가. 그저 무력함밖에 더 있겠나. 무력함은 생산적인 방향으로 자신을 이끌지 못한다. 주저앉아 가시 같은 감정에 찔리는 것 결국 자신일 뿐이다. 짜증은 어떻게든 자신을 향한 불쾌의 감정이다. 타인에게 전가해 보려 해도 그건 자신을 지배하는 감정이고, 나에게 말해보아도 그건 내 감정일 뿐이다. 사건은 일어났고 해결하면 그만이다. 감정은 스쳐 지나가도록 두자.

웃는 사람이 일류라는 글이 적힌 사진을 보고 웃은 적이 있다. 재밌어서 웃었지만, 그 기백만큼은 진심으로 인정할 수밖에 없었다. 웃음은 분노든 짜증이든 불쾌의 감정이 들어선 자리에 적어도 자기 파괴적인 생각과 상태에서 물러설 수 있는 여유를 만든다. 힘겨운 상황과 상태를 들여다볼 첫 순간에 웃음이 들어서지 못하면 여유롭게 입체적으로 살피기 힘들어진다. 조급한 심정으로 섣부른 판단을 하면 힘들어지는 건 결국 자기 자신이다. 평생 일류 비슷하게도 살아본 적 없는 내가 일류가 되는 길이 하나 있는데 그게 웃음이라면, 애써볼 만하지 않나.

# 쏟아지는 축복

하루가 어떻게 지나갔는지 모르게 흘러가 버렸다. 어제까지 들끓던 몸의 열처럼, 들끓던 더위가 가시고 볕이 온화하게 내리쬐는 건조한 봄날의 오후는 평화로웠다. SNS를 훑으며 보았던 숱한 죽음의 소식으로 망연해진 시간을 보내고선 지금 카페에 앉아 오늘의 일정을 인제야 더듬는다. 계획한 것 중 대부분을 실행하지 못하고 지금 카페에 왔다는 것에서나 안도하고 있다. 그래, 적어도 볕 아래 걸어서 이곳까지 왔다. 원인을 알 수 없는 다양한 통증을 이겨내고 조금 헐렁해진 몸과 마음으로 거리로 나섰다. 오늘은 여기까지 한 것에 우선 만족하자. 만족을 모르는 마음이 일으키는 온갖 자책을 잠시 덮자.

카페 2층 계단을 오르며, 위태로울 만큼 가득 찬 아이스 아메리카노를 보면서 한 방울도 흘리지 않고 원하는 좌석까지 이동하고서야 한숨을 내쉬었다. 카페는 테라스 모든 문을 열어서 조금은 서늘한 바람과 따사로운 햇살을 구석구석 밀어 보내고 있었다. 들숨 날숨으로 바람이 오가며 카페는 크게 부풀었다 쪼그라드는 폐처럼 팽창과 수축을 반복했다. 그 느낌이 좋아서 텅 빈 곳을 바라보다 나도 크게 숨을 들이켰다. 천천히, 그러나 단전을 단단히 하고 내뱉는 숨 속에는 무엇이 담겨 나올까. 들숨은 분명 신선한데 날숨에서는 어떤 다양한 삿된 것들이 쓸어 담겨 쏟아낼까. 예수는 사람에게 들어가는 것은 깨끗한데 나오는 것은 더럽다고 했었나? 성경을 멀리하고서는 어린 시절 읽었던 기억에만 기대니 정확한 게 없다. 그러나 찾아보고 싶지는 않다. 그저 그런 걸로 정리하고 나의 삿됨을 생각해본다.

하지만 카페는 그다지 삿된 것을 내뱉는 것 같지 않았다. 오늘따라 2층 모든 사용자가 무언가를 열심히 하고 있는데 그 모습들이 흩어진 이미지로 나뉘어 쓸려 내몰리더라도 카페의 숨은 평안한 거 같았다. 이미지가 밀려 나갔다가 밀려 들어오는 환상을 보면서 거기에서 무슨 선악을 구별해 보겠나. 게다가 카페에 흐르는 음악이 취향에 맞지 않는다 한들 이어폰을 꽂고 내가 선곡한 음악을 듣는 이 시점에서, 사거리 도로에서 불어오는 티끌 가득 섞인 바람이 다양한 날벌레들과 함께 밀려 들어온다 한들 그것이 삿될 이유를 찾을 만큼 마음이 조급하지 않았다. 조급한 마음은 잘 개어서 어딘가 던져놓고 한가하게 먼지 냄새를 맡고 먼지 섞인 햇살을 보고 그 빛살에 선명한 사람들의 날숨을 구경한다.

가방을 정리해서 나가야 하는 데도 머뭇거리는 이유를 떠 올려 본다. 오늘 해야 할 영어와 일어 학습을 시작조차 하지 않았고 오늘 해야 했을 요가를 하지 않았고 오늘 가야 할 은행에도 가지 않았다. 운동을 이틀 동안 못 했기 때문에 몸이 더 굳어지기 전에 움직여야 하는데 오늘도 운동 따위는 모른 척하고 싶은 걸까 싶은데 우습게도 나는 정말로 내가 원하는 바를 모르겠다. 다만 너무 늦게 움직인 탓에 내 계획을 실행하기엔 시간이 촉박하다는 것과 그런데도 멈칫거리며 머뭇거렸다는 것. 그러니 지금 역시 그 머뭇거림에 해당하는 게 아닌가 싶다.

갖고 나온 물통에 물을 채워 넣고서야 카페에서 나갈 결심을 한다. 집에서 나올 때도 대체로 이유가 필요했는데 이젠 카페에서 나설 때도 이유가 필요해져서 혼자 웃었다. 내가 앉은 가장 어두운 구석 자리에서 사선과 직선들로 이어지는 모든 원뿔형 공간을 다시 훑는다. 마침 새로운 손님이 들어와 공간을 흔들어 놓는다. 모두가 혼자인 이곳의 정경을 눈에 담으며 왜인지 나는 서그러워진 마음을 느낀다. 그저, 다들 괜찮았으면 싶다. 내가 그러하듯, 당신 한 사람 한 사람들이 제각각 각자의 여러 이유로, 괜찮았으면 좋겠다고, 간절해져서 기도한다. 어쩌면 축복은 느닷없이 이름조차 모르는 타인에게서 쏟아지는 따사로움인지도 모른다. 그래서 나는 오늘 기록한다, 잊지 않기로 한다.

# 세월의 더께가
# 틔우는 푸른 잎

뿌연 하늘 아래 빛의 양이 적어서 채도조차 낮아 보이는 오후다. 습한 기운을 몰고 있는 바람마저 적은 섬의 저기압은 발랄함과 경쾌함을 앗아가기에 충분했다. 맥북을 열어 빈 문서를 바라보며 뭘 적어야 하는지 뭘 할 수 있는지 머릿속까지 비어버린 상태였다. 펼쳐둔 채 한참을 있다가 SNS를 훑었다. 그러면서 아무 말이나 쓰고 아무 말이나 댓글 달고 하면서 시답잖은 농담을 주고받았다. 그런데, 그런데 희한하게 쏟아져 증발한 듯 사라져 낮게 내려앉은 기압만이 몸을 가로 누르고 있었건만 마치, 잃어버린 기운이 되돌아온 듯 조금씩 몸이 이완되고 평온해지는 것을 느꼈다. 그 이유가 농담 같은 잡담 때문이라니…. 희미하게 웃으며 흐린 날이면 찾아오는 통증의 시작을 새삼 떠올렸다.

교통사고는 이십 대 중반에 났다. 사중추돌 사고였는데 내가 탄 차량이 신호를 잘못 보고 계속 달리는 바람에 생긴 사고였다. 앞선 2대는 중형차였고 바로 앞의 차량은 SUV였다. 내가 탄 경차는 완벽하게 찌그러졌고 그 자리에서 폐차 판정이 내렸다. 조수석에 타고 있던 나는 가슴을 중심으로 심각하게 타격을 입고 응급실로 실려 갔다. 시속 80km가 넘는 상태로 지하철 공사 현장을 회전하며 달렸던 터라 빨간 불을 인지하지 못한 운전자가 브레이크 한번 밟지 못하고 들이박았다. 당장 눈만 돌리면 보이는데도 경찰은 내게, 안전벨트 안 맺었죠?, 라는 멍청한 질문을 할 정도의 끔찍한 현장이었다. 숨이 멈췄었고 심장이 멈췄었고 의식이 오갔고 말을 할 수 없었다. 우연히 같은 병실을 사용하게 된 할머니 환자분이 그 현장을 그 자리에서 봤다고 했다. 보조석 사람은 죽었을 거라고 당시 사고를 지켜본 사람들이 말했다고 한다.

엄청난 크기와 색의 멍을 여기저기 달고 있었지만, 찢긴 외상은 하나도 없는 기적적인 상태에서 절대 안정하라는 의사의 말에 따라 꼼짝할 수 없는 시간을 보냈다. 뇌가 심하게 흔들렸고 가슴을 따라 가느다란 금이 갔고 무릎 관절이 나갔고 손가락 관절도 나빠졌다. 훗날 물리치료를 하던 치료사는 내게 피아노도 타이핑도 하지 말라고 했다. 중년 이상의 관절 상태로 나빠졌으니 더 닳기 전에 아끼라고 했다. 기억력이 나빠진 것은 당연한 수순이었다. 더 두려운 것은 과거의 기억이 나의 상상이나 꿈과 뒤섞여 정확해진 게 없어졌다는 거다. 나의 과거는 내가 정확하게 알기 어렵게 희미하게 잔상처럼 남아버렸다. 웬만한 건 보고 나면 구석구석 완전히 기억하는 기억력 때문에 괴롭던 시절은 존재하지 않았던 것처럼 돼 버렸다. 누군가 네 기억이 틀렸어! 하면 그때부터 주춤거렸다. 일련의 사건을 겪으면서 내가 모조리 틀렸다는 것을 인정하고 난 후 생긴 습관이었다. 나는 나를 믿을 수 없었고 믿을 수 없는 나는 자꾸만 주눅 들어갔다.

시간은 완전히는 아니지만, 회복도 가져왔다. 기억력은 차츰 처음과 비슷하지는 않지만 나아지기 시작했고 과거는 그저 과거로 묻어두며 얽힌 그대로를 받아들일 수 있게 됐다. 자꾸만 자신이 옳다고 주장하는 친구에게 단호하게 반박하고선 가슴 졸이며 확인해보고 내 기억이 옳았다는 것을 알게 된 순간의 기쁨을 잊지 못한다. 그 후론 그 친구가 소위 나의 기억을 두고 노는 일은 없어졌다. 무너졌던 자존감을 쌓아가며 다소간의 겸손도 배웠다. 당당하다 못해 자만하던 시절의 내 모습을 떠올리면 부끄러운 정도의 내공은 자리잡았다. 이제 나는 내가 옳다고 말하기보다는 정확한 게 뭔지 찾아보자고 말하게 됐다. 그 결과가 내 말이 옳다 하더라도 그게 나의 우월함을 증명하는 건 아니라는 것도 알게 됐다.

약해졌던 관절도 차츰 나아졌다. 비가 내리기 전부터 가슴과 손가락 무릎 등 관절 마디마디마다 통증이 시작돼 정확하게 일기 예보를 맞히던 시절의 자괴감은, 느리지만 천천히 회복했다. 퇴행성관절염이나 류

머티즘에 걸리지 않을까 두려울 만큼 강도 높던 통증이 약해지고 희미해졌다. 이제는 좀 많이 부으면서 어깨가 무겁다는 정도로 정리되었다. 지난해 발목인대 파열이 있었음에도 잦은 통증과 별개로 몸 상태가 평온하다. 어떻게 이럴 수 있는가 생각해보면 바르게 걷기가 도움이 된 것 같았다. 최근 몇 년 안에 가장 신경 썼던 것 중 하나가 바른 자세로 걷기였는데 그게 축적되니 클러치 등을 사용하느라 비틀어졌던 관절이 제자리를 찾느라 고생은 했지만, 후유증은 거의 없는 이유가 아닐까 싶다. 물론 한참씩 멈추기도 했지만, 꾸준히 이어온 요가와 근력운동의 도움도 컸으리라.

그림자도 없는 거리 풍경을 바라보면 당장 비가 쏟아져도 이상한 것 없는데도 시멘트 가루를 뿌려놓은 것 같은 회색빛은 변함이 없다. 낡아가고 늘어지고 주름지고 늙어가는 게 나이가 드는 방향만은 아닐 터다. 나이를 먹으면서 나는 젊은 시절보다 더 건강해진 부분도 있고 잃어버린 아름다움도 분명히 있다. 늙음이 추함이 아니듯 늙음이 퇴락함은 아니다. 세월의 더께가 두터워진 그대로 싱싱한 푸릇한 잎새를 틔우는 고목처럼 생은 언제나 그 안에 싱그러움을 담아낸다. 잎을 틔우지 못하는 나무는 죽은 나무뿐이다.

# 우연

베란다 천장에서 똑똑 한 방울씩 물방울이 떨어졌다. 떨어진 곳은 평평해서 물방울이 모이지 않고 흩어지며 넓게 퍼져나갔다. 물이 만들어 낸 얇은 막은 거울처럼 내게선 보이지 않는 어딘가의 형상이 비쳤다. 톡. 한 방울이 부서지며 조각난다. 형체가 흔들린다. 그 안의 세상은 내게 보이지 않는 곳을 보여주고 있어서 언뜻 이곳이 아닌 듯 보인다. 사거리는 사람들이 오가고 가로수는 흔들리고 전깃줄은 가끔 휘청이고 건물 사이 하늘은 깨끗한 수건으로 닦아놓은 창처럼 푸르다. 그 모습 어디에서 물 바닥의 모습이 보이지 않았다. 내가 앉아 바라보는 이곳은 폴딩도어라서 저곳처럼 핑크색 벽과 길쭉한 창이 있지 않다.

조금 두리번거린 것 같다. 어딜까, 저곳은 저 핑크로 퍼져나가는 빛이 있는 곳은. 그러다 잊고 달리는 자동차들을 구경하고 화단의 꽃을 바라보고 표지판들이나 간판 같은 것을 구경했다. 내가 과학자였다면 정확한 각을 찾아내어 금세 위치를 알아냈겠지만, 그렇지 않더라도 조금이라도 관찰력이 있다면 발견해 냈겠지만 조금 고집스럽게 상관없어 보이는 곳부터 찬찬히 바라보며 바라보다 한참 있었다. 책을 읽는 사람들, 마주 앉아 대화를 나누다 공부하는 사람들, 큰 목소리로 이야기하며 소파에 기댄 사람들도 구경했다. 바닥에 떨어진 빨래 봉지들, 과자 부스러기들, 이리저리 뒤틀어져 놓인 의자들, 구석에 자리한 공기청정기와 벌레퇴치기 같은 것들을 바라보았다.

다시 고개를 돌려서 웃으며 정답!을 외쳤다. 찾지 못할 수가 없는 위치의 건물, 옅은 핑크빛의 벽을 가진 아파트가 물의 세상에 비쳤다. 다만 빛을 받아 옅은 핑크빛이 검은 바닥의 물빛엔 짙은 빛으로 선명해져 있었을 뿐. 굳건하고, 건조하게 선 아파트 외벽을 보다가

고개를 떨궈 바닥 물의 벽과 창을 보면, 역시나 여전히 낯설다. 저런 이지러짐도, 저런 선명함도, 저런 매끈함도, 저런 광택도 원래의 아파트에는 전혀 없다. 모래알이 부서져 나올 듯 건조하고 베이지색과 구별도 거의 되지 않게 옅은 핑크빛과 직선으로 짜 맞춘 창문들로 질서 잡힌 저 풍경은 같은 세상의 형상이 아니다.

생각을 멈추고 길을 바라본다. 커피 한 모금을 마신다. 고개를 돌려 사람들을 본다. 커피를 잔뜩 마신다. 새로운 사람이 커피를 쟁반에 받쳐 들고 테이블을 기웃거린다. 이윽고 자신이 무엇을 하든, 적당할 장소를 찾아서 움직인다. 내가 카페에 들어섰을 때처럼, 사람들은 남아 있는 좌석 중 자신의 목적에 유리한 자리를 찾아가서 자리 잡는다. 많이 고민하고 서성이는 사람들일수록 오래 앉아서 무엇이든 작업하는 경우가 많다. 나 역시 그렇다. 글을 쓰고 책을 읽고 자료 조사를 하고 가끔 영상이라도 보려면 콘센트가 자리한 곳이 필수다. 그리고 조금은 사람들에게서 거리를 둔, 웬만하면 폴딩도어 근처 자리. 내게 명석이 다른 이에게도 명석일 수는 없을 터이고 그런데도 가끔 이러한 해석이 일치하는 사람이 있어, 먼저 그 자리를 선점했을 때는 대안을 찾을 수밖에 없다. 플랜 B, C마저 선점됐을 경우는 하는 수 없이 기웃거림이 커질 수밖에 없다. 그런 사람들이 많은 오후다.

천정에선 더 이상 물방울이 떨어지지 않는다. 바닥은 여전히 물기로 인해 광택 나고 거기 비친 건물 벽도 질은 핑크로 건재하지만, 저 세상은 점점 좁아질 터이고 곧 닫힌다. 그때까지 차츰차츰 소멸하는 굴절 상이 이미 눈 속으로 밀려 들어왔기에, 아무 소용이 없는 바닷가 조개 조각들을 주워 담던 기억처럼, 한동안 기억 여기저기를 대굴대굴 굴러다니다 잊어버리게 될 것이다. 그래서 더 흥미로웠다. 잊힐 것을 기억하고 바라보는 소멸 예정의 한 세상이, 저곳에 윤기 도는 미감으로, 있다.

다시 잠시 눈을 감고 음악을 들었다. 셔틀 재생을 해놓은 터라 무작위라 흘러나오는 음악을 현재 내 감정, 감성과 무감하게 강제적으로 청취한다. 물론 내가 설정해 놓은 수백 곡의 곡이라 하더라도 정렬하지 않고 분류하지 않은 전체의 재생은 취향의 선별이라는 단순 작업 외엔 전체가 혼돈이기 때문이다. 가끔 이렇듯 우연을 필연적으로 가정하며 음악을 들을 때면 시간 공간의 한정성을 넘어서서 장난을 쳐버리는 듯한 기쁨이 슬며시 피어오른다.

우연히 바라본 풍경들 속 세상과 그 속의 또 다른 세상들의 우연들, 수백 곡의 음악이 순서를 알 수 없는 재생의 우연들이, 주머니 속 사탕이 뒤섞여 손바닥에 꺼내어 놓을 때까지 알 수 없는 궁금하고 호기심 넘치는 시간으로 부풀어 오른다. 물론 이 우연은, 내 통제 속에 기능 가능하여야 한다. 그럼 우연이 아니지 않으냐고? 글쎄, 그건 통계로 본 세상이 우연으로 퉁 친 세상보다 더 예측 가능하고, 통제 가능하고, 그게 더 아름답게 느껴지기 때문이라 해두자.

# 평행과 트라이앵글

카페에 청년 셋이 들어와 앉았다. 그들은 테이블을 사이에 두고 마주 보며 앉는 대신 주로 업무나 공부용으로 카페를 이용하는 사람들을 위해 고안된 걸로 여기는, 긴 형태의 테이블에 차례로 앉았다. 가운데 사람을 중심을 두고 양옆 사람은 예각 삼각형의 구조로 느슨하게 앉아 대화를 이어갔다.

종종 그런 사람들이 보일 때가 있다. 가령 창가에 마련된 기다란 자리에 나란히 앉아 대화를 나누는 지인들의 모습이나 테이블에 나란히 앉아 한창 이야기에 빠진 사람들. 나는 어떤 사람인가 분류해 보면 저들과 비슷하다고 할 수 있겠다. 셋 이상 넘어가면 크게 개의치 않는데-나 말고 상황을 주도할 사람이 있다는 안심-둘이 되면 마주 앉아 나누게 되는 시선 처리부터 고되단 생각에 사로잡힌다. 대체로 내겐 사람이란 일종의 접대 관점 비슷하게 자리 잡은 지 오래다. 무슨 대화를 끊기지 않게 이어가야 상대가 덜 불편할까 하는 고민만으로도 피곤한데 시선을 마주해야 한다는 건 곤혹스럽기 그지없었다.

나란히 앉는다는 점은 앉은 거리만 적당히 유지되면 서로 같은 방향을 바라본다는 측면에서도 심적 안정을 주곤 했다. 시선 처리를 신경 쓰지 않아도 된다. 특히나 창을 두고 앉았을 때는 바깥 풍경을 바라보며 아무 소리나 할 소재가 넘친다. 음식을 나눠 먹어야 할 경우도 사이에 음식을 두고 각자 덜어서 먹으면 되니까 편안하다. 무엇보다 부담스러운 시선 처리로부터 벗어난다는 점에서 해방감이 들어 대화가 무리 없이 흘러가게 되곤 한다. 또한 내가 짓고 있을지 모를, 혹은 상대가 무심코 짓게 된 지루한 표정이나 불쾌도 스쳐 지나가 버리기 마련이라 그 찰나적 행위들에 의미

부여할 필요가 없어서 너그러운 대화가 가능하다. 상대의 표정을 잘 살피지 않아도 되지 않는 상황은 내겐 감격스럽기까지 하다.

요즘 감정이란 무엇인가 따위의 생각에 사로잡혀 있다 보니 감정에 대해 스스로 결정적인 확답을 받지 않은 상태에서 감정에 휘말리는 일은 피하고 싶다. 두뇌가 인체에 미치는 영향 중 하나가 감정일 뿐이라는 안찬 생각을 한다. 머리를 차갑게 해서 흡입-소화-판단-도출해서 상황을 받아들이려고 하고 있다. 그래서 가슴이, 마음이, 감정이라는 말보다는 '생각'이라는 단어를 즐겨 쓰기 시작했다. 내가 앓고 있는 정병 중, 조울증의 경우 감당 못 할 만큼 감정의 극단을 오가는 상태를 지칭하는데, 그것을 두뇌의 작용이고 호르몬의 문제이고 따라서 적절한 복약과 신체 단련을 통해서 치료를 진행할 수 있다고 생각하고부터는 병증에 대한 두려움이나 슬픔이 많이 삭제됐다. 신체의 문제라는 지극히 단순한 사실 하나를 기억하고 기억하는 것, 나의 경우엔 이것이 치유하는 데 가장 큰 자극제가 되곤 한다.

사람들과 마주 앉으면 무심한 내 성격 그대로 하면, 아마도, 빤히 쳐다보거나 아무 말도 안 하거나 갑자기 말을 하거나 그럴 것이다. 상대에게 관심이 없어서 내 관심사에 대해서 주로 말하고 말 터이다. 자주 그래왔기 때문에 잘 안다. 빤히 바라보지 말아 달라는 요청을 듣고부터는 시선 처리가 어려워졌다. 만나서 말없이 마주 보고 있는 게 내겐 별일 아닐지 몰라도 상대는 그 침묵을 힘들어하다 못해 화를 낸 적도 있었다. 그저 말없이 앉아 있으면서 골몰하거나 책을 읽거나 각자 생각을 하거나 그러다 할 말이 있으면 말을 걸고 상대가 말을 하면 두 눈을 고정한 채 상대를 바라보는 게 우리나라 사회에선 무례한 일이었다. 그 후론 친분이 깊지 않은 이와 약속이 있어 대화를 나눠야 할 때면 나란히 앉을 자리가 보이면 주로 그 자리에 앉지 않겠느냐는 요청을 한다. 승낙할 때, 못하는 배려와 집요한 관찰로부터 조금이나마 해방된다는 내적 기쁨 상상 그 이상이다.

다시 고개를 드니 청년들이 양 끝 두 사람은 완전히 몸을 상대들에게로 틀어 앉아 있다. 가운데 앉은 사람은 조금 의자를 뒤로 더 물려 안자, 서로가 자연스레 시선 교환을 하고 대화를 나누는데 무리가 가지 않을 각도를 만들어 낸다. 저들이 보이는 표정과 가끔 유지되는 침묵과 가끔 엎드리거나 딴청 피우는 모습을 보면서, 저들이 서로에게 느끼는 편안함이 꼭 나란히 앉는 자리일 필요는 없었을 텐데 싶었다. 하지만 곧 세 사람이라는 위태로움은 사각형 테이블 네 개 자리에서 한 사람의 옆자리로 귀결된다는 걸 알아차린다. 누구도 작은 소외감을 느끼지 않을 자리를 만드는 나란히 앉아 삼각 형태로 즐거운 한때를 보내는 그들의 사소하고 섬세한 관심들이 삼각구도 속에 편안하다.

문화라든지 사회라든 관용이라든지 다양한 틀로 하나하나 바라보면 보이지 않는 따스함과 자유로움을 생각한다. 나는 이후로도 나란히 앉겠느냐는 질문을 할 것이고 때로는 노력해도 더 이상 쥐어짤 수 없는 대화에 지쳐 침묵을 선택할 것이다. 다만 하루 종일 참새처럼 종알대는 사람이 옆에 있어도 대체로 듣는 게 힘들지 않아 하는 나 같은 사람의 침묵도 이해받고 싶다. 눈을 내리까는 게 나름대로 배려의 방법이라는 것도 알아줬으면 좋겠다. 빤히 바라보는 건 적어도 지금 나누는 대화에 대한 깊은 관심이 드러낸 표현이라고 알려주고 싶다.

## 권태

아무리 좋아하는 일이라도 반복되고 나면 반드시 질리는 순간이 올 때가 있다. 오래 같은 일을 반복해 온 사람들만이 누리는 특권 같은 권태감은 진득하게 오래 붙잡아 본 적 없는 사람에겐 사치처럼 먼 감정이다. 뭔가 오래 하지 않더라도 질리는 예도 있는데 거기엔 변덕이라든지 무기력이라든지 이런 언어가 어울리지 감히 권태를 붙이기엔 경박한 감이 있다. 권태라는 무게를 감당할 수 있으려면 세월의 깊이가 필요하다.

운동을 진득이 가장 오래 했던 게 십여 년 전 그만둔 요가였다. 요가는 근 십 년 세월을 거의 매일 했다. 몸이 가벼웠고 유연했고 건강했고 잔병이 없었다. 무엇보다 몸이 마음에 드는 형태로 유지되었다. 어쩌다 운동은 모조리 그만두게 되고 과중해지는 직장 업무에 찌들다 보면 운동이란 말만 들어도 시드러워졌다. 하고 싶은 종목은 테니스, 수영, 검도, 궁도… 끝없이 나열할 수 있었지만, 시간을 낼 심적 시간적 여유 모두 부족했다. 하고 싶은 마음이 한 줌이면 하고 싶지 않은 이유 수십 개가 공처럼 둥실 떠올랐다.

몸이 망가지는 것은 순식간이라면 회복되는 것은 길고 가년스러웠다. 일을 그만두면 시간적 여유는 찾을 수 있었지만 궁핍해져서 뭔가를 시작하는 게 어려웠다. 운동을 계획적이고 체계적으로 배운다는 것은 돈이 들었다. 쉬지만 쉬는 것 같지 않은 시간을 보내며 병원에 거금을 지급해 가며 어느 정도 회복하고 나서 다시 취직하면 이 상황은 반복되었다. 언제부턴지도 알 수 없었다. 과중한 업무-번아웃-병-퇴사. 더구나 큰 수술을 한 이후부터는 사건·사고 및 병이 쫓아다니는 게 아닌가 싶게 자주 아팠다. 나가서 걸으라, 나가서 별을 쬐라, 나가서 운동하라… 다 빛 좋은 개살구였다. 나갈 수 있는 정도의 의지만 만들어 낼 수 있으면 좋겠다고 어느 날은 울면서 생각했다.

심신이 완전히 망가진 상태에서, 그런데도 최선을 다해서 정말 죽을힘을 짜내어 서울과 대전에서 북토크를 하고 난 후, 날연한 상태로 며칠을 보내다 문득 일어서서 나갔다. 나가서 걷다가 무작정 달렸다. 계획도 없이 단순히 충동이었다. 랩으로 얼굴을 칭칭 감은 것처럼 숨 쉬는 게 힘들어져서 집조차도 평온을 앗아간 듯 괴로웠던 날의 급작스러운 움직임이었다. 그 시작을 기점으로 운동을 했다. 달리고 걷고 근력운동을 하고 그런 자신의 행적을 기록하고 사방에 알렸다. 어떨 때는 과욕을 부려 설정값대로 움직이려니 부담감이 심한 적도 있었다. 그러면 여지없이 목표치를 내렸다. 언제부턴가는 오늘의 운동을 완성하는 링은 무시하기로 했다. 링을 채우는 것보다 양질의 운동이 절실했다.

쓰는 사람으로 살고 싶다고 생각하면서도 글을 쓰

는 일은 생각보다 강력한 동력이 필요했다. 여러 개인적인 사정으로 며칠 글쓰기를 멈추고부터 다시 시동거는 작업은 며칠째 엉망이다. 여전히 빈 곳을 바라보며 가만히 앉아 있어 본다. 독서하기도 하고 애니메이션을 보기도 한다. 가끔은 SNS를 뒤적이기도 한다. 마음을 움직일 한 단어, 한 구절, 하나의 상황이 필요했다. 그러나 그것은 내 안에서 시작되지 않으면 전혀 동기로 작동하지 않았다. 망연해져서 빈 페이지를 바라보고 바라보다가 첫 문장을 넣는다. 그리고 이어쓰기 시작한다. 글에 탄력이 붙고 속도가 붙는다. 문장이 문장을 부르고 단어가 단어를 부른다.

정병으로 인해 수시로 무기력이나 불안 등과 싸워야 하는 내게 조금 우스운 바람이 생겼다. 바로 '권태로움'을 경험할 것. 글 시작에도 말했듯 권태로움은 무게감을 가진 언어다. 진득하고 깊은 마음가짐으로, 오래 지탱하며 살아온 세월을 겪어보지 못한 사람은 감히 건드릴 수도, 접근할 수도 없는 말. 마치 침향목처럼 담가진 적 있는 사람만이 견디어 내느라 겪게 될 고통의 감정. 그러나 마침내 그윽한 향기를 멀리멀리 밀어내며 어떤 완성에 다다르게 될 것들의 일시적 멈춤 같은 것.

그러므로 나는 또다시 오늘의 나를 이룩하고 있는 안일함을 때려 부수고 무기력에 펀치를 날려 버려야 한다. 쉽게 아프지 않을 체력을 차근차근 채워 나가야 하고 쓰는 사람으로서 스스로 부끄럽지 않게 날카로운 시선으로 살펴 써야 한다. 권태라는 감정이 올 수 있는 자격을 갖춰야 하고 오더라도 스쳐 지나갈 수 있게 단단해져야 한다. 나 자신에게도 선해야 한다. 그 시작이 여기에 있다.

# 세상을 지배하는 어둠을 가르며 야수의 눈동자가 밝힌 빛

저마다 좋아하는 유형의 사람이 있다. 어떤 사람은 유쾌하고 활달한 사람에게 끌리고 어떤 사람은 과묵하고 진중한 면모를 지닌 사람에게서 편안함을 느낀다. 재치 있게 웃기는 쾌활함이 매력적이기도 하고 단정하고 우아한 분위기를 멋지다고 생각하기도 한다. 내 경우는 무엇이든 유형화하는 걸 즐기기도 하도 그러면서 자신을 발견해서 분류 작업을 즐긴다. 결과는 압도적인 카리스마와 쨍하게 맑은 마음을 동시에 지닌 사람이었다. 그러나 눈치챘겠지만, 지극히 추상적이기도 하고 그런 사람을 알아보는 것 또한 능력에 해당하는 부분이라서 저런 이미지는 내가 좋아하는 유형의 타인이 아니라 바라는 자아상 그 자체라 하는 게 맞다.

다시, 내가 좋아하는 사람이라… 대체로 사람들은 함께 할 때 불편하기보다는 편안한 사람을 선호한다. 물론 자신을 긴장하게 하는 사람에게 끌리는 이도 있을 수 있으니 대체로라는 부사어는 꼭 필요하다. 나는 이기적인 성품 탓에 상대가 어떻게 느끼는지와 관련 없이 나만 편안하면 별 신경 쓰지 않는 편이다. 물론 대부분 먼저 불편하고 불안하고 신경 쓰여서 사람 자체와 어울리는 걸 꺼린다. 독선적이고 제멋대로라는 평을 자주 듣다 보니 그렇지 않으려고 나름 진땀 빼고 그런데도 언피씨한 언사에 부드럽게 넘기지 못하고 맞서는 경우가 잦은 사람이 되다 보니, 스스로에 대한 피곤함은 당연하고 인간관계 자체에 지쳐버린 상태다. 열심히 관찰하고 머리 굴려 생각해서 대답—그렇다, 대체로 먼저 말하지 않고 대답을 한다—해도 통통 튀어 눈살 찌푸리게 만드는 능력을 갖췄으니 이젠 나를 내가 포기해 버렸다고 하는 게 맞겠다.

예의를 놓지 않고 정중한 태도를 벗어던지겠다는 말은 아니다. 말을 삼가고 다만 상대에 대한 존중의 예를 지키면서 살아가고 싶다는 마음은 여전하다. 상대가 내게 갖는 호불호와 상관없이 이것은 자신을 지키는 방패이면서 스스로를 성장시키는 동력이자 훈련이다. 그 어떤 무례에도 표정 하나 변하지 않고 예의 바를 것, 무례로 되돌려 주는 과오를 범하여 자괴감에 빠져들지 말 것, 타인으로 인해 감정이 흔들리지 말고 고요할 것, 나를 뒤흔들 수 있는 모든 이유와 근거는 오직 나일 것. 여유를 가장하는 게 아니라 타인을 내 감정으로 끌어오지 않음으로써 자연스레 드러나는 태도로서의 관대함, 그 태도. 오래 묵상한 예禮의 지극한 경지는 내겐 이런 형태이다.

하지만 내가 누군가. 무례하고 멋대로 행동하고 하고 싶은 말 다 하고 상대의 불쾌를 살피지 못하는 사람을 경멸하지 않는가. 무례엔 더 큰 무례로 응징하고 뒷말하면 인연을 끊을 준비부터 하는 사람이 아니던가. 이상화된 깨달음은 극기 훈련에는 도움이 되지만 지금의 분류 작업에는 초점이 맞지 않는다. 다시 곰곰이 생각해봤다. 여러 상황을 설정해서 그 안에 나를 집어넣고 보니 피부로 와 닿는 상황이 있다. 그니까 이토록 까다롭고 어디로 튈지 모르는 인간이, 늦잠 자고 일어나 하품하다 물 마시고 허벅지 긁으며 전화할 친구가 있다면 그 사람이 아마도 내가 가장 좋아하는 유형이지 않을까 싶다.

잠이 덜 깬 목소리로 아무말 대잔치와 동문서답을 서로 주고받으며 때로는 각자 말하느라 서로의 말 따위는 듣지도 않고 종종 비속어를 섞어 쓰면서도 그러나 절대로 소수자 혐오 언어는 사용하지 않는 관계, 대화의 시작부터 끝까지 영양가라고는 전혀 없어서, 왜 전화했는지 어이가 없는 관계, 그러다 통화 중 발신 시 잠시 발신자 살펴보고 웬만큼 중요한 사안이 아니면 사뿐히 무시하고 서로의 대화를 계속 이어가며 자기 말만 하거나 별 쓰잘머리 없이 너무 편해서 편한지도 모르고 말꼬리 잡아 농담하다가 쓰러져 뒹굴고 웃다가 앞구르기 옆구르기 돌려차기 휘몰아쳐 뒹굴어 착지하기를 끝낸 후 끊어! 하고 정지버튼을 눌러버려도 편안한 관계. 예의라고는 눈 씻고 봐도 찾을 수 없지만 상대에 대한 시기나 질투나 오해할 준비나 타인에 대한 비방이나 혐오 발언 같은 것은 전혀 없이, 가끔은 사회적 이슈에 심도 있는 고민을 주고받을 수 있는, 그런 친밀하고 다정한 관계.

시간을 거스르며 추억을 떠올려보면 서로의 결을 오래 지키고 소중해했던 관계들이 저런 유형이었다. 긴장되고 설레고 휘어잡고 상냥하고 여유롭고 위트있고, 매력적인 모든 것이 더해진다면 그것도 좋겠지만 베이스는 바로 저런 식의 편안함이 가능해야 이어져 나갈 수 있었다. 친밀한 유머와 지극한 다정함이 가진 힘은 웃음으로 무장하고서는 '세상을 지배하는 어둠을 가르며 야수의 눈동자가 밝히는 빛' 기술을 사용해 단단한 껍질 속에 숨어있는 나를 무장 해제시킨다. 부드럽게 강력한 힘이다.

한동안 받기만 해도 괜찮고

한동안 내가 주기만 해도 괜찮다.

# 기브 앤 테이크

유월엔 생일이 있다. 생일이면 오갈 선물이 부담스러웠다. 받을 때는 기쁘지만 이 사회는 기브 앤 테이크가 되지 않으면 나쁜 사람이 된다. 오랜 세월 그 간단한 사실을 모르고 거저 주면 주는 대로 받기만 해왔던 나는 그게 누군가에겐 매우 속상한 일이라는 걸 알게 됐다. 반드시 줬으니 그만큼 받아내야 한다는 마음이 아니란 걸 안다. 하지만 받는 데 익숙해져서 무감해져 있다면 그건 문제가 있다. 내가 그 문제의 사람이었다.

요 몇 년간 여러 가지 사정으로 직장 생활을 제대로 하지 못하고는 매우 가난해진 상태이다. 모든 예금을 다 까먹고 빚을 진 채 한 달, 한 달을 이자만 겨우 갚으며 살아가고 있다. 해서 누군가의 생일이 오는 것도, 각종 경조사가 닥치는 것도 무서웠다. 최소한의 사회생활을 위해서는 최소한의 도리라는 게 통용된다. 그걸 치르는 게 두려웠다. 누군가 아끼는 사람의 생일을 축하한다는 말 한마디로 넘겨야 하는 시간은 생각 외로 씁쓸했다. 줄 수 없는 게, 그게 내 가난 때문인 것이 부끄러웠다.

생일이 시작된 자정이 조금 지난 시간에 주로 사용하는 SNS에 생일 선물 보내지 말고 서로 주고받지 말고 축복만 빌어달라고 적었다. 그 축복이 오병이어의 기적처럼 퍼져나가길 기원했다. 감사하게도 다정하고 착한 사람들이 축복을 빌어주고 축하를 해주고 축하를 나누며 마음을 보내왔다. 그리고 되받는 게 포기됐을 그 상태를 가볍게 치워버리고 다정한 선물을 보내왔다. 마치 "닥쳐, 네 생일 선물은 내가 챙긴다. 후훗." "생일은 받으라고 있는 날이야. 던진다, 받아랏." 이런 웹툰 대사 같은 게 머리에 빙글빙글 돌았다.

평소와 같이 글을 쓰고 책을 읽고 운동을 하고 돌아와 앉아 있으려니 뱀장어가 바닥부터 흙탕물을 일으키듯 마음이 흔들리며 흐려졌다. 괜찮다고 생각하려 했으나 괜찮지 않았나 보다. 생일이 되면 아팠다. 마음이 무너져 내리고 그간 메말라 바삭바삭 부서지는 시간의 축은 먼지처럼 부유하곤 했다. 사는 것에 의미를 찾지 못하는 사람이라 생일은 태어나 고통받기 시작하는 걸 알람 같은 날이었다. 오래된 와인을 열어 마셨다. 마시며 생각했다. 애썼구나. 오늘도 물론, 지금까지 나 참 많이 애썼구나. 그래서 내겐 여러 축하의 행동들이, 슬픈 중에도 일으키는 힘이 되기도 했다.

사람과의 관계를 잘 유지 하는 방법을 몰라서, 다가오면 다가오는 대로 기꺼워하고, 주면 주는 대로 온 마음을 다해 기뻐하고, 비밀을 듣지 않으려 애쓰고, 비밀을 들으면 함구하려 애썼다. 어떤 형태의 배신이든, 그게 비밀을 지키지 않았던 행동이든 이간질이든 아니면 비방이든, 내 선에서 최대한 선해하고, 그래서 안 되면 기다려도 보고, 그래도 안 되면 떠나보냈다. 담백해지고 싶었다. 하지만 간과한 게 있었으니, 이 나라는 자본주의 사회라는 것. 마음을 움직이는 가장 큰 힘은 언제나 돈이다. 마음의 크기 같은 것이야 그 값어치는 액수로 책정된다. 그러니 거금을 나름 투자했다 싶은 상대가 데면데면하면 싫겠지.

이것을 깨닫고부터는 나는 받는 것을 꺼리게 됐다. 정말로 나는 되갚을 능력이 안 되기 때문이기도 하고 그게 된다고 해도 수치화된 마음의 크기가 어색해서 꺼리게 됐다. 안 받고 속상하지 않은, 아예 처음부터 얽히는 게 하나도 없는 관계가 오히려 말끔하기 때문이다. 받았기에 어떻게든 되갚아야 한다는 중압감에서도 벗어날 수 있고. 그러니 되받기를 바라는 사람은, 결국 탈락한다.

주고받는 기계적 관계에서 멀어진 사람들과의 교류는 평온하다. 한동안 받기만 해도 괜찮고 한동안 내가 주기만 해도 괜찮다. 하필 그의 생일에 땅을 파도 동전 한 푼 없어서 말로만 생일 축하한다고 말하더라도 다른 때 여유가 되는 어느 날 그에게 필요한 것을 보낼 수도 있다. 그러므로 나는 문제의 인간이란 것을 인정하지만 반성하지 않는다. 받기만 하는 인간이라 비난하면 비난받기로 한다. 어차피 나를 사랑하는 사람들은 주기만 하려 했고 주기만 했다. 그들은 때론 내가 무엇이든 줄 때면 그 가치가, 그 당시 내가 가진 전부인 걸 아는 사람들이다. 그게 천 원이든 백만 원이든, 전부였다고, 거기엔 계산 자체를 생각해본 적 없다고 증언해 줄 사람들이다.

# 바흐를 듣는 시간

비가 그친 오후는 눈부시다 못해 눈을 뜨고 바로 앞을 바라보는 데에도 찌푸리고 바라봐야 했다. 아직 보도블록은 젖어있고 가로수를 덮고 있는 흙이 촉촉했다. 비가 쓸고 지나간 공기를 바람이 자꾸 불어서 더 밀어내고 있었다. 집을 나서 카페에 자리를 잡았다. 글을 쓰기 위한 작업을 시작한다. 노트북을 켜고 커피와 물병을 손이 가기 적당한 위치에 놓고 마우스의 위치를 왼쪽으로 이동하고 안경을 쓴다. 그리고 오늘의 음악을 찾는다.

한동안 기운을 내기 위해 들었던 음악은 너무 많이 들어서 새로운 감흥을 주지 못한 지 며칠 되었다. 자극을 찾아서야 일으켜지던 몸이었나 보니 비트가 강하고 가사가 직설적인 곡들이었다. 오늘은 왜인지 카페에서 들려오는 K-팝이 주는 비트감마저 지루했다. 잠시 고민하다가 바흐를 열었다. 연주자를 검색하고 플레이 버튼을 눌렀다. 익숙한 곡이 흘러나온다. 눈을 감고 잠시 깊게 숨을 들이마시고 내뱉었다. 내가 웃었던가.

나에게 있어 바흐는 시작이자 마지막 정착지 같은 음악이다. 매번 시작되는 무언가, 다시 시작해야 하는 무언가에 바흐가 있었고 더 이상 내몰려 갈 곳 없는 마음에 모든 소리가 비수처럼 나를 찌를 때 괴로울 때 들을 수 있는 유일한, 최종의 소리였다. 그러므로 바흐는 음악을 틀어서 듣는 게 아니라 열어서 들어가야 하는 일종의 세계다. 문을 열듯이 바흐를 열면 심호흡한다. 마치 그곳의 냄새와 공기가 지금 내가 있는 이곳과 다른 물질인 것처럼, 그렇기에 그곳 정착민처럼 변화하는 과정인 것처럼 심호흡한다.

셀 수 없는 냇물들이 모여 강물이 되고 바다에 이

르듯 갈래갈래 나눠진 물가 중 하나를 골라 발을 담근다. 풀숲에 앉아서 찰랑거리는 음악을 발가락으로 손가락으로 지나가게 둔다. 오늘은 그중에서도 마음의 병이 너무 깊어 바흐마저도 힘겨울 때 마지막으로 들을 수 있었던, 무반주 첼로 조곡의 물결에 몸을 맡긴다. 연주자는 역시나, 너무나 유명해서 새로울 것도 없지만 가장 애정했던 연주는 향긋하고 따스한 찻잔 속 마음과 닮았다. 향을 마시고 맛을 음미하고 몸으로 스미는 감각이 충만하다.

급물살처럼 이어지며 힘차고 거침없이 이어지는 연주를 듣는다. 눈을 감고 그대로 머무른다. 잠시 후 눈을 뜨고 창밖 풍경에는 여전히 햇살이 촘촘하고 바람이 나뭇가지를 흔들고 파-란 하늘엔 옅은 구름이 드문드문 흐르다 흩어간다. 서둘러 걷는 사람들, 쉼 없이 달리는 차들, 아슬아슬 지나가는 오토바이들, 도복을 입고 뛰어가는 아이들, 여전한 풍경과 쉴 새 없이 날아다니는 하루살이들이 시야를 어지럽힌다. 찰랑이는 것 같다. 모든 움직임이 움직이는 게 아니라 순간 알 수 없는 이유로 파문이 일어 찰랑거리며 일렁이는 것 갈다고 생각했다. 아마도 눈을 감고 음악에 몰입해 있다가 바라본 세상이 새삼 낯설었기 때문이리라.

바흐의 세상에서 여러 연주자를 만나고 그들의 음악을 듣는 건 바다로 이어지는 울창한 숲을 거닐며 어루만지는 나무 둥치의 감촉, 발목을 간지럽히는 낮은 풀잎, 생각지도 못한 넓은 개양귀비 꽃밭을 발견할 때의 기쁨, 어디선가 가늘고 길게 이어지는 노랫소리, 눈이 마주치며 잠시 서로를 바라보다 흠칫 달아나는 사슴, 잠시 쉬느라 앉은 곳에서 발견한 산딸기처럼 내가 지금 이곳에서 결코 경험하지 못하거나 못할 사건들이다.

문을 닫고 나오면 여전히 거기선 저 모든 것들이 각자의 아름다움을 움켜쥔 채 연주하는 이들로 인해 마치 영원할 것 같은 바흐의 세상이 있어서 안도한다. 그곳은 다시 열고 들어가면 되고 그곳에 들어가는 방법이 다행히도 내겐, 복잡하거나 어렵지 않기 때문이다.

언젠가는 누군가의 연주를 공연 실황으로 들을 날도 올 것이다. 그때의 나는, 순식간에 바흐의 세상으로 몰입될 나는 얼마나 충격적일 만큼 가슴 벅찰까. 아마도 실개울이나 굽이치는 강이 아니라 거센 물결을 몰아오는 파도에 휩쓸려 버리는 강력함으로 저세상을 밀어닥칠 것이다. 거기서 마주칠 온갖 물고기 떼와 고래와 해파리와 해초들과 산호를, 그들과 스치는 순간순간마다 터질 듯한 웃음으로 기꺼이 쓸려 흘러갈 것을, 너무나 잘 안다.

# 시간의 큐브

침실에 놓인 안락의자에 기대어 알싸하고 다정하게, 요즘 마음을 흔들어주는 람혼 최정우의 곡 〈현현〉을 들었다. 서늘한 감각에 무릎담요로 몸을 감싸고 기대어 있었다. 눈을 뜨고 물을 마시고는 이대로 몇 시간이 흘러갔는지 몰랐다. 시간은 저만치 흘러가는데 그걸 바라보면서도 잡을 수가 없었다. 물처럼 시간은 흘러가면 그뿐이었다. 매번 신선한 시간이 흘러들어오지만 내 진흙탕 같은 삶에선 이내 오염되어 흘러 나간다. 흘러간 시간이 고여 든 곳은 아마도 늪처럼 질퍽하고 어두워서 가까이하기 꺼려질 공간일 터이다. 나는 그런 사람이다.

여기서, 이 상황에서 벗어나야 한다는 생각으로 몸을 밀어 봐도 요지부동이다. 화장실에 가야 할 때 비로소 일어나 씻고 커피를 내렸다. 세수하니 조금 정신이 든 듯도 했다. 커피는 깨어남을 끌어당길 것이다. 아니 그래야 한다. 하지만 몸은 그대로 다시 돌처럼 굳어버렸다. 물을 잔뜩 마셨다. 시간이 멈추어서 큐브를 만든 것 같은 순간을 깨어내는 것은 자연스러운 몸의 신호였다. 그마저도 한참을 참다가 움직일 때 다시 물병에 물을 담고 커피를 한잔 더 내렸다. 이번엔 투명한 큐브에 갇혀서는 안 됐다. 음악을 껐다.

창밖을 내려다보다가 들려오는 자동차 소리, 평생 감당 안 되는 오토바이 소리, 가끔 숨구멍으로 물 뿜는 고래처럼 치익하며 멈추는 버스 소리 들이 간간이 들리는 사람들 목소리를 타고 미끄러져 왔다. 햇살은 갠 후의 싱그러움을 담고서 오후가 넘어가도록 강렬했다. 시간의 튜브가 다시 기승을 부리며 나를 가두고 있었다. 머리를 세차게 흔들고 어떻게든 이어가고 있는 외국어 학습 앱을 켰다. 벌써 60일을 꾸준히 해오고 있다. 그걸 놓치고 싶지 않았다. 무척 귀찮아하면서도 나는 저 숫자에 집착했다. 어떤 일이 있어도, 내 상태가 얼마나 무너져 버렸어도 멈추지 않았다는 결정적인 증거가 바로 저 숫자이기 때문이었다.

간단한 학습을 진행하면서 오늘 남은 일정을 계획한다. 일종의 가벼운 계획을 하지 않으면 움직이는 데 어려움을 겪는다. 완벽한 계획이 아니어도 되고 중간에 변경되어도 된다. 하지만 큰 틀은 있어야 한다. 그게 또 나를 움직이게 했다. 카페에 가서 글을 쓰고 운동을 하러 간다. 거기에 식사는 제외했다. 손발이 묶인 것처럼 식사가 거부되는 이 마음을 어떻게 설명하면 좋을까. 질 좋은 운동을 위해서는 식사가 기본인 걸 알면서도 마치 식사가 독이라도 되는 듯 먹어야 한다는 생각에 질식될 것 같았다. 이럴 때를 대비해 사놓은 과자 몇 봉지를 챙긴다. 아마 과자를 못 먹을 가능성이 크다. 배가 고프다. 그러나 먹고 싶지 않다. 이 악순환을 끊어내기엔 의지력이 부족한 사람이라서 좀 서글프다.

도대체 무엇 때문에 가방이 이토록 무겁도록 채워 놓았나 들여다보다가 반을 비워내고 거리로 나섰다. 생각 외로 바람이 많이 불었다. 추워서 입고 나온 긴 카디건이 제 기능을 잘해주고 있다. 건널목 불빛을 바라보며 자꾸만 헝클어지는 머리카락을 손가락으로 빗어 넘기며 카페 어플로 주문을 미리 넣는다. 늘 마시는 아이스 아메리카노, 주문을 넣고선 엑스트라 사이즈를 할 걸, 하고 후회하며 문을 밀어 들어간다. 아르바이트생은 이제 나를 알아본다. 카페 사장과는 간단한 대화도 한다. 멈추지 않고 나를 밀고 나온 또 다른 증거가 여기 있다는 생각에 흠칫 놀랐다.

하루에 먹는 약이 스무 알이 넘는다. 그중 신경정신과 약이 대략 열 몇 알이다. 그걸 삼켜내고도 나는 자주 쉽게, 살아야 할 삶에 대해 회의하곤 한다. 그 생각에 골몰하지 않기 위해서 내게 기댈 마지막이 약이다. 아마도 이 약들을 먹지 않았다면 하고 생각해보면 조금 무섭기도 하다. 착석해서 오늘 들을 음악을 골라서 이어폰을 끼고 들으며 봉지를 까서 커피와 약을 들이

켰다. 괜찮아졌으면 좋겠다고, 공간을 상관하지 않고 자꾸만 만들어지는 저 단단한 시간의 큐브를 녹여냈으면 좋겠다고 기도 비슷한 것을 해본다.

# 경제성과
# 쾌락주의자

대학 시절 '언어의 경제성'이라는 개념을 처음 알게 됐을 때, 그 환희를 잊을 수 없다. 경제라는 게 자본과 관련된 시시콜콜하고 중요하지만 나와는 무관한 개념이라 생각했던 터라 그 단어를 어학에서도 사용된다는 사실에 조금 충격을 받으면서 재미있다고 생각했다. 그 후로 내게 '경제성'이라는 단어는 삶을 가다듬는 기본이 되었다.

이를테면 공부할 때도 방법의 경제성을 따지기 시작했다. 공부할 장소부터 그 장소의 형식까지 작은 틈도 보이지 않는 경제적인 방식으로 구성하기 좋아했다. 이건 침실도 마찬가지여서 침대 주변을 꾸미거나 정리할 때 항상 경제적으로 움직일 수 있는 상태로 구조화했다. 불편하지 않고 행동의 군더더기가 없도록 상황을 만들어 가는 것은 짜릿한 기쁨이 되었다.

이런 점은 일과에도 적용되었다. 기본적으로 머리를 굴려 하루를 시뮬레이션한다. 거기에 쓸데없거나 반복될 부분, 동선의 움직임 등을 단순화시킨다. 가끔 이렇게 계획적으로 움직이다 보면 생각지도 못하게 치고 들어오는 사건으로 인해 꼬일 때가 있고 그렇게 되면 적잖이 스트레스를 받게 되어 요즘은 매우 헐렁하게 큰 틀을 짜둔다. 실행에 옮길 때 그 직전에서야 다시 세부 계획을 짜고 치밀하게 정리한다. 다시 말하지만, 군더더기가 없어야 한다. 무의미한 반복은 갑작스러운 충돌만큼이나 성가시다.

운동을 할 때도 마찬가지다. 처음에는 대강의 계획만 짜두고 각 운동을 실행해 본다. 예를 들어 스쾃을 몇 번 했을 때의 효과와 다른 하체 운동의 효과를 단위 시간당 비교한다. 비교 후 짧은 시간에 여러 부위에 걸쳐 우수한 효과를 보이는 것을 채택해서 집중해서 관리한다. 상체, 하체 등의 운동 몇 가지를 정하고 동선에 맞춰 마무리 운동까지 설계된 대로 움직인다. 타인이 껴들어서 운동을 지속하기 어려운 상황에 대비해 플랜B도 가동해 둔다. 그러면 마음이 편안하다.

다시, 대부분 행위에서 경제성을 따지는 이유는 단지 시간이 아깝기 때문이다. 짧은 시간 내에 흡입하듯 업무든 운동이든 몰입하여 작동한 후 갖게 되는 휴식의 맛은 설명하기 어렵다. 그 달콤하고 편안한 여유, 천천히 작업을 훑어보며 문제점을 찾아보는 시간이 나른히 흐르고 신경이 느슨해질 때의 감미로움. 그리고 마침내 갖는 완벽한 휴식을 나는 사랑하기 때문이다.

공간이든 업무든 계획적으로 일상을 짜두고 융통성이 필요한 상황에는 그에 걸맞게 자잘하게 수정계획을 속도감이 느껴지도록 빠르게 처리할 때의 기쁨, 몰입의 황홀감 등 뒤에 오는 안락한 휴식은 너무나 유혹

적이다. 그래서 그렇게 꽉 짜인 업무를 단기간에 끝내고 남는 시간에 뭘 하냐고 물으면 아무것도 안 한다고 말한다. 그러면 대체로 뜨악해하는데 무엇이든 불필요한 움직임과 늘어지는 업무 등이 주는 귀찮음과 피로도가 끔찍할 수 있다는 것을 이해 못 해서 나오는 반응이라고 생각해 버린다. 하지만 강도 높은 몰입을 경험한 사람들은 그것이 쾌락에 가깝다는 것을 안다.

하여 나는 스스로 쾌락주의자라 생각한다. 일상의 경제성을 따지는 것도, 경제성을 띠었기에 강력한 몰입이 필요한 순간을 갖는 것도, 이후 나른한 여유를 누리는 것도 모두 다 내겐 쾌락으로 작용하기 때문이다. 가만히 생각해보면 별것에 다 쾌락을 느낀다고 한 소리 들을 법도 해서 알려둔다. 자신이 변태라고 생각하기도 한다. 그래서 귀띔해 두자면, 요즘 MBTI가 유행인데 나는 극단의 INTJ이다.

# 통증은 도적처럼 찾아오지 않는다

무릎을 다쳤다. 다쳤는지도 모르게 다쳤다. 다쳤다는 것을 인지한 것은 계단을 오를 때였다. 평소와 달리 찌르는 듯한 통증이 무릎 안쪽에서 시작되어 저절로 절뚝이게 됐다. 계단이 많은 층고 높은, 엘리베이터 없는 집에 살다 보니 다리를 다치면 생각 외로 괴롭다는 것을 작년 발목 인대 파열을 통해 알게 되었다. 목발을 짚고 깁스하고 무수한 계단을 오르내리며, 그리고 업무로 인한 외근 때 무던히 애쓰며 버텼던 것이 온몸에 무리를 주어 다친 발목이 낫는 데 두 달 정도 걸렸다면 뒤틀린 몸의 다른 부위들까지 괜찮은 상태로 돌아오는 데만 두 달이 걸렸던 기억이 났다.

운동을 시작한 지 세 달이 지나가고 그 중 본격적으로 러닝을 한 지는 두 달 정도 돼 가는 시점이었다. 유월이 오면 감당이 되지 않는 울증이 몰려오곤 했다. 작년도 그랬고 그 전 해도 그랬다. 올해라고 다를 리 없었다. 침울해지는 상태에 무너지는 마음에, 손에 대지 않던, 잘 마시지도 못하는 술을 마시기 시작했다. 신경정신과 약을 투약 시 강조하는 것 중 하나가 금주인데 간에 무리가 가기 때문이다. 약 자체가 워낙에 강한데, 만약 술까지 마시면 해독에 무리가 가고 결국 간이 망가진다고 절대로 금주하라고 했다. 그러나 시작도 끝도 없이 캄캄한 마음에 잠식되면 아무래도 상관없어진다. 흐느적거리며 울먹이며 술을 사 와 마시고 난 다음 날이면 몸은 바닥이 없이 내려앉았다. 일으켜 세워야 한다는 걸 알면서도 그럴 이유도, 의미도 찾지 못해서 흐느꼈다.

그날도 하루를 종일 창가에 앉아서 바깥소리를 듣고 아무것도 바라보지 않는 상태로 머물러만 있었다. 관성처럼 나는 멈춤에 자리하고 방 안 가구 중 하나처럼 있었다. 들리는 소리는 오직 자동차, 버스, 오토바이 소리, 간혹 사람들 소리, 악쓰는 소리, 그런 소리가 뒤섞여 역겨운 냄새들처럼 번져 집안을 채웠다. 그러나 나는 이제 가구가 되었으니 할 수 있는 게 없었다. 거슬려도 그냥 있었다. 의지로 움직이는 게 내겐 더 곤혹스러웠다. 정지의 시간을 깨어야 하는가. 정지가 나쁜가. 온갖 비타민 폭탄을 먹고 식사하고 움직여 보려 해도 삐걱거리던 며칠이 이미 지난 후였다.

커피를 마시고 싶었다. 시원한 커피, 얼음이 가득한, 아주 큰 컵에 든 커피. 바르작거리며 일어선 계기는 커피였다. 집에서 내려 먹어도 되지만 오늘따라, 당연하게도 얼음을 얼려놓지 않았다. 주섬주섬 옷을 챙겨 입고 세수도 하지 않은 얼굴로 현관을 나섰다. 이어폰을 챙기고 손수건을 챙기고 휴대전화를 챙기고 이 모든 것을 담는 암백을 팔에 매고 운동화를 단단히 여미고 내려왔다. 하지만 내가 간 곳은 집 앞 커피전문점도 아니고 길 건너 편의점도 아니었다. 지난번 편의점에 들렀을 때 구입한 1+1 녹차 페트병을 손에 쥐고서

근처 학교 운동장으로 갔다.

사람들이 마치 하나의 무리라도 되는 모습으로 한 방향을 향해 걷고 있었다. 마치 쳇바퀴를 돌고 도는 구도자들 같았다. 다른 방향에선 농구 골대 아래에 학생들이 공을 튕기며 뛰고 있었다. 몸을 풀어주며 천천히 벤치로 향했다. 하늘은 구름이 무겁게 내려앉아 있었고 몸은 그 무게에 짓눌려 땅 아래로 박힐 것 같은 상태였다. 하지만 나는 이 움직임을 그만두면 안 되었다. 마치 중요하고 기밀한 임무를 부여받은 사람처럼 반드시 달려야 한다는 사명감만이 무거웠다.

달리는 시간은 시작부터 부대꼈다. 제대로 먹지 않고 급하게 먹은 우유와 비타민들이 느글거렸다. 숨도 제대로 고르지 못한 채로 달렸다. 걷는 사람들과 별반 다를 바 없는 속력으로 느리게 달리는데도 나는 곧 넘어질 것 같이 휘청이며 달렸다. 보통의 날보다 더 힘겨워서 이상하다고 생각했지만, 멈추는 것만은 하고 싶지 않았다. 그 어느 때보다 멈추고 싶었기 때문에, 처음으로 실패라는 글자가 워치에 뜬다 해도 상관없다는 생각이 처음으로 맴돌기 때문에 더욱 달려야 했다. 지쳐서 넘어지듯 벤치에 슬라이딩하던 엔딩 순간에 그제야 안심했다. 결국 멈추지 않았다는 안도감, 종일 멈추어 가구처럼 있던 시간을 끝냈다는 안도감, 이제는 계속해서 움직일 거라는 안도감 들이, 뛰는 심장 소리 속에서 숨소리 고르게 오갔다.

근린공원으로 가는 길에 좀 이상하다고 생각했다. 통증이 날카로웠다. 하지만 인제야 갖게 된 움직임에 대한 충동은 계속 이동을 강제했다. 푸시업을 비롯한 근력운동을 하고 마무리로 이완 운동까지 하고 돌아와 계단을 오르는데 정말 이상했다. 통증이 베는 듯이 반복됐다. 절뚝이며 계단을 오르고 샤워하고 냉패드 붙여 붕대를 감았다. 하루 자고 나면 괜찮을 거로 생각했다. 친구가 내일부터 며칠은 절대로 러닝하지 말라고 급하게 톡을 보내왔다. 싫다고 했다. 몸을 힘들게 하지 않으면 마음이 힘들어서 견딜 수 없다고, 나는 나를 혹사해야 한다고. 이 말을 적으며 서럽게 울었다.

그럼 다른 운동으로 괴롭히면 안 되겠냐는 말에 그런 거 없다고 했다. 고집을 피웠다. 서러웠다. 마음이 힘든데 그걸 겨우 몰아내려 무섭게 애쓰고 있는데 러닝 금지라니 너무 가혹한 거 아니냐고.

계단을 내려오며 깨달았다. 아, 당분간 러닝은 금지구나. 워킹도 금지겠구나. 어제보다 더 심한 절뚝임으로 가까스로 길가에 서서, 친구너놈 의사 아니랄까 봐 안 보고도 정확하게 진단하네, 하며 칭찬 반, 욕 반을 하며 길을 걸었다. 러닝도 워킹도 금지라면, 술도 금지라면, 그래 근력운동 죽도록 해보자, 트레이닝복 챙겨 입고 무릎보호대하고 오늘은 아이스 아메리카노를 들고, 노을이 시작되는 시간을 시작으로 근린공원으로 향한다. 고통이 나를 막는다면 그게 언제나 있던 일 아니었냐며 괜히 비장하게 비장하지 않으려 웃으며, 내 친구 고통아, 같이 죽어보자.

# SNS와 눈[*]

요즘 매일 ASMR을 듣는다. 백색 소음이라고도 하는 이 배경음들은 적막한 상태일 때보다 적당한 소음으로 인해 집중력을 높이면서도 긴장감을 풀어줬다. 업무 효율을 높이고 힐링도 되는 다중적 지원이 가능한 것들이다. 같은 배경 소리인데도 어떨 때는 잠들기 위해서, 어떨 때는 지금처럼 글을 쓰기 위해서 듣는데, 그때마다 효과가 좋다. 특히나 요즘은 테마 별로 다양한 ASMR을 만들어 지원하는 유튜브 영상이 많아서 찾아 듣는 즐거움이 있다. 소리뿐 아니라 영상도 예뻐서 큰 화면이 지원 가능하다면 여러 가지 영상을 액션

---

* SNS와 눈 쿼티자판에서 SNS를 한글자판으로 변형하여 작성하면, '눈'이 된다.

액자처럼 틀어놓아도 좋을 것 같다는 생각도 했다.

자주 찾아 듣는 소리는 주로 영화나 애니메이션의 한 장면을 떠올리게 하는 소리다. 이 영상들을 틀고 소리를 듣다 보면 다양한 영화나 애니메이션의 찰나 속으로 영원히 스며든 기분을 느끼게 준다. 화면은 거의 변화 없이 고정돼 있고 비슷한 소리가 반복되기 때문에, 게다가 실시간 영상인 경우도 많아서 원한다면 종일 곁에 둘 수 있어서, 혼자 있는 시간에는 완전히 몽환적인 시간으로 이어질 수도 있었다. 가끔은 독특한 소리(영화의 또 다른 장면을 떠올리게 하는 약간의 긴장성 소리)를 삽입해서 주의를 끌기도 하는데 그래서 더 비현실적으로 현실감을 준다. 「해리포터」나 지브리 ASMR로 검색해 보면 각 기숙사나 그레이트홀 혹은 작중 인물이 거주한 공간의 한 장면을 상상하게 하는 소리로 채워진 다양한 콘텐츠를 찾아낼 수 있다. 클릭하고 들어가서 감상하면 된다. 나는 때론 래번클로* 의 소속이 되고 때론 하울의 움직

* 해리포터 시리즈에 등장하는 마법학교 호그와트 4대 기숙사 중 하나인데 파란색과 청동색, 독수리 문양이 기숙사의 상징이며 지성과 창의성을 중요하게 여긴

이는 성* 에 공존하는 투명한 존재가 된다.

편집의 자극성과 내용의 편협함과 근거가 박약한 영상 등이 주를 이루는 걸 주로 봐와서 유튜브라는 SNS 사용을 거의 하지 않았다. 그런데 지금은 오히려 그 반대 성향, 즉 편집의 저자극성 및 내용의 간결함, 상상력을 자극하는 영상과 소리로 인해 이젠 자주 찾게 돼 버렸다. 질리도록 봐왔던, 선정성을 비켜난 이 건조함에 생각보다 나뿐 아니라 많은 수의 사람이 반기며 즐기고 찾아와서 머물렀다.

SNS를 현실과 대비되는 비현실적이고 관념적인 세상으로 나누는 현상에 대해서 동의하지 않다 보니 다양한 곳에서 그 특성에 걸맞게 순기능을 드러내는 것을 지켜볼 때 세계가 확장되는 기쁨을 느끼곤 한다. 페이스북이 트위터보다 호흡이 긴 글로써 세계를 드러낸다면 트위터는 신속하고 신랄한 메시지로 이어진

---

다. 요즘은 "아무도 죽지 않는 법을 찾을게."란 문장으로 회자 되고 있다.

* 원작은 영국의 동화작가인 다이애나 윈 존스의 소설이지만 여기서 언급한 내용은 지브리가 2004년 제작한 애니메이션 「하울의 움직이는 성」

다. 인스타그램은 이미지를 중심으로, 유튜브는 영상으로 세상의 면면을 드러낸다. 스레드에서는 현장성과 스피디한 정보전달력은 시간의 휘발력을 유지한 채 공유된다. 다양한 매체를 사용하는 사람의 역량에 따라 SNS는 각자의 시야를 좁힐 수도 있고 확대할 수도 있으며 상상력을 마비시킬 수도 있고 증대시킬 수도 있다.

스마트폰이 생겨난 이후의 세대는 현실과 인터넷 세계를 이분화하지 않는다고 한다. 그들은 꾸준히 온라인으로 소통해왔고 오프라인으로도 소통해왔다. 쌍방의 소통이 익숙해서 일방 소통의 TV 프로그램에는 무관심하다. TV 시청 세대는 나이를 먹었고 청년들은 각자의 콘텐츠를 능동적으로 선택해서 즐긴다. 그게 기본이 된 세상이다. 알고리즘이 반영된 온라인은 그로 인해 점점 더 작은 점으로 수렴되거나 혹은 역으로 그걸 벗어나 확장된 세상을 펼쳐낸다.

내가 발견한 세상이 어떤 모습인가 생각해보면 개

인적 취향에 맞춰서 적절하고 확실하게 기능하고 있다는 것을 발견할 수 있었다. 페이스북을 사용하며 글로 소통하면서 외롭지 않을 대화자들을 만나게 되었다면 유튜브는 ASMR의 다정함으로 인해 상상력을 자극하는 동력이 되었다. 내겐 이제 떼놓을 수 없는 내 세상의 일부이자 세계를 보는 눈으로서 기능한다. TV를 버린 지 십여 년의 세월이 흐르면서, 세상 소식에 눈과 귀를 닫아 점점 무감해지고 무신경해져서 이기적으로 줄어가던 시야는, SNS를 통해 찢어지고 늘어나고 증폭되었다.

누가 SNS를 시간 낭비라고 하는가. 그렇게만 보는 사람은 이미 시대를 후퇴하고 있는지도 모른다고 말해주고 싶다. 세상은 이제 온ON과 오프OFF로 양분하기 어렵다. AI의 기술력은 이미 저 멀리서 웃고 있지 않는가. 혼재하고 있다, 긍정적이든 부정적이든 디지털화되었고, 그건 짜릿한 현실이다.

# 휘어지는 프레임

어렸을 때 뭐가 제일 좋아? 라는 질문을 받으면 난감하곤 했다. 딱 한 가지를 짚어내어 말해야 하는데, 좋은 게 너무 많았기 때문이다. 제일 좋은 것의 우위를 결정할 결정적인 기준이 없었고, 기준이 딱히 없었기에 좋은 것은 그저 좋은 것이다 보니 우열을 가릴 수 없었다. 세상에, 좋은 것에도 우열을 가려야 한다니, 너무하다고 생각했던 것 같았다.

그것은 고등학교 진학 후에도 마찬가지였다. 수학은 경이로웠고 과학계열은 즐거웠으나 화학은 지겨웠다. 문학을 사랑했으나 영어 교과는 재미없었고 한국사는 지루했으나 세계사는 호기심을 자극하곤 했다.

그러다 보니 문과 갈래, 이과 갈래 하는 것이 내심 못마땅했다. 수학도 음악도 시도, 도구만 다를 뿐 상징으로 세상을 그려내는 것인데 나눠서 진로를 선택해야 하는가 싶어 그런 것들이 그렇게 싫을 수가 없었다.

지금 돌이켜보면 오히려 웃음만 나는 귀여운 에피소드 같지만—그렇다, 알아챘겠지만 내가 힘든 모든 이유는 내가 귀여운 탓이다—당시에는 이 모든 것을 진지하게 고민하고 괴로워했다. 당장 내게 정답 같은 대답을 원했기 때문이고, 망설이는 모습은 답답하게 비칠까 두렵기 때문이기도 했다. 이제는 누가 무엇이 좋으냐 하면 하늘도 좋고 바다도 좋고 구름도 좋고 달도 좋고 무지개도 좋고 바람도 좋다고 말한다. 좋은 이유가 각기 다르니까 우열을 가릴 수 없어서 다 같이 좋을 뿐이라고 말한다. 이제는 수학과 문학과 음악 등으로 나눠진 행정 편의적 진로 선택방식이 비합리적이라고 말한다. 질문하는 세상의 프레임에 갇히지 않고 거기에서 나와 질문을 되돌려 줌으로써 나름의 정답을 얻게 된 것이다.

사람을 대함에서도 같다고 생각한다. 다 다른 이유로 그들은 내게 가장 의미 있는 사람들이다. 다른 목소리로 이야기하거나 같은 목소리로 말을 건네거나 상관없이 서로를 존중하는 태도가 깃들어 있으면 경청하고 들여다보려 애쓴다. 세상일이 얽히다 보면 더러는 서둘러 판단을 종용할 때도 있어서, 정답을 정하고 행동하지 않으면 오히려 비난받을 때도 있다. 더군다나 나처럼 다양한 정병을 앓는 경우 극단적으로 보일 행위들로 인해 난감할 때가 많다. 하지만 다행히도 내 좋은 사람들은, 섣불리 정답을 유도하지 않는다. 유보된 시간을 기다려주고, 본인과 다른 대답을 내어놓아도 비난하지 않는다. 그럴 때마다, 마음 깊은 곳이 따스해지는 걸 느낀다. 상호존중은 사실 어려운 일이어서, 나 역시 매번 헤매기 때문인데, 그걸 당당하고 당연하게 해내는 사람들을 보면 감사한 마음마저 드는 것이다.

조롱과 혐오의 언어로 비난하고 낙인찍고 조리돌리

면서, 서둘러 본인이 원하는 정답을 내어놓으라 말하는 이들을 경계한다. 분노를 풀어내는 방식이 타인의 인격을 조롱함으로써 획득되는 거라면 인권을 바라보는 그들의 시야를 의심할 수밖에 없고, 그들이 정답이라 내미는 손길은 두렵다 못해 거절하고 싶어지는 것이다. 살아가다 보면 명백하게 피해와 가해로 구분할 수 없는 많은 사건 속에 있을 때가, 명백하게 피해와 가해로 구분되는 사건들보다 많다. 얽히고설킨 뭉치들은 자신의 입장에서 본 것들로 편집되고 정리될 수밖에 없고, 때론 중요한 것들이 침묵 되곤 하니까. 그리고 또 때로는 그 어떤 이유가, 행간으로도 표현되지 못할 무엇이 있을 때도 있으니까.

섣불리 판단하지 않음으로써, 판단을 밀어내놓음으로써 얻게 되는 것은 정답으로 구성된 언어들보다 값진 것이다. 요즘은 내 좋은 사람들이 건네준 기다림을 떠올려보며, 이제는 밀어 놓고 기다리려 노력해 본다. 그러다 보니 내게 전달된 유보된 시간과 그 기다림에 감사하는 시간이 드리우고, 그들의 어질고 넉넉한 마음에 감동하는 시간이 스며들곤 하는 것이다. 그 시간은 정답을 종용하는 이들이 만들어 내는, 단단한 프레임 자체를 깨어버려야 한다는 것을 깨닫는 시간이기도 하다.

# Hoc est corpus meum

하루의 계획이 틀어지는 것은 순간이다. 오늘도, 오늘의 계획을, 잠들기 전에 세워뒀지만, 여지없이 빗나갔다. 병원에 못·안 갔고 항우울제, 항불안제, 리튬, 수면제가 없고 마음은 헛헛해서 좀 전에야 밥을 먹었고 체했고 씻어야 하는 데 힘이 없고 수면제가 없으니 어쩌면 지난번처럼 고생할지도 모르겠고 사람은 이렇듯 알면서도 잘못을 반복하고 술을 마시고 기절하려던 계획도 오늘 중에 진행될지 의문이다. 자신을 파괴하는 데도 에너지가 필요하다.

징후는 뚜렷해서 힘겹다. 마음은 동동 발을 구르는데 몸은 한없이 가라앉을 뿐이다. 불안이 고무줄처럼 늘어지며 찢어질 듯 휘어진다. 내일은, 하고 생각하면서, 내가 계획이란 것을 할 수 있는 사람일까 생각한다. 마음먹은 대화를 1주일을 미루고 미뤄서 겨우 이야기 나눴다. 하면 금방 끝나는 안부 메시지 같은 걸 나는 먼저 나누려 할 때마다 물속을 걷는 것처럼 보이지 않는 압력을 느낀다. 아니 꿈속에서 걷는 것처럼 앞으로 나아가기가 힘겹다. 잘 지내냐는 메시지 하나 보내는 것을, 만남을 약속하는 것을 1주일을 미루고 미루고 미뤄서 겨우 톡 한다. 만나면 또 즐겁게 잘 지내면서 모든 게 무거운 추를 단 것처럼 움직인다, 그게 몸의 일이든 마음의 일이든….

바람이 차갑다. 가을비가 내렸고 이제 비가 내릴 때마다 점점 더 차가워질 것이다. 가을에 내리는 비는 봄에 내리는 비와 정반대로 이어진다. 가을에 비가 내리면 그만큼 볕도 시리게 변하니까 낙엽 진 나무처럼 쓸쓸해지는 것이다. 메말라 가는 손이 거칠어지고 거친 손으로 얼굴을 쓰다듬으면 마른 얼굴이 이내 슬퍼지는 것 같다. 땅에서 수분을 끌어 올리며 봄을 준비한다는 둥 헛된 상상으로 억지 위로는 하지 말자. 꽁꽁 언 공기를 맨몸으로 버티는 생을 보며 생명을 찬탄하는 언어는 무책임하고 잔인하다. 다만 보이는 그대로 받아들이자. 메마르구나. 시리구나. 버티는구나. 버티느라 퉁퉁 부었구나. 퉁퉁 부어서 꽝꽝 얼었구나.

십일월이 되면 그런 풍경을 보는 게 참 힘들었었다. 찬란한 단풍이 지고 비가 내릴 때마다 벗겨지는 가로수를 보는 게, 앙상하게 겨울의 칼바람을 맞는 게, 그걸 눈으로 확인하는 게 매번 힘들었었다. 남쪽으로 내려와 가장 기뻤던 것은 십일월을 무심하게 지나칠 수 있게 됐다는 거다. 이 섬은 굳이 찾아가지 않으면 불타오르는 단풍도 볼 수 없지만 굳이 찾아가지 않으면 앙상한 가로수들을 볼 필요도 없다. 사시사철 푸른 가로수는 낙엽을 뿌리면서 새잎을 틔우고 눈 속에서도 시퍼렇게 초록이다. 바람은 많이 불지만 날카로운 얼음의 그것이 아니라 거인의 큰 손 같다. 큰 손으로 작은 나를 밀어내는 바람은 그래서 가을에도 겨울에도 살갗을 저미지 않는다. 그래서 지난달 육지에서 오랜만에 본 단풍 진 가로수 길에 그토록 황홀했다가도 내려와 푸르게 울창한 가로수를 보고 안심할 수 있었다.

무서운 십일월은 상관없이 다가온다. 잘 버틸 수 있을 것이다. 조금 더 따뜻하길 바라며 남국을 꿈꾸지만 그래도 이 나라 남단에서 시퍼런 나무를 본다는 것만으로도 나는 감사해야 한다. 무너지지 않고 감사해야 한다.

2.

창을 모조리 열고 서늘하고 맑은 공기와 별을 바라본다. 따뜻한 전기장판과 솜이불과 차가운 바람이 깊은 숨결을 통해 몸속으로 서로 뒤섞이며 가라앉았다가 날숨으로 밀려 나간다. 회복기는 묘하게 황홀하다, 앓고 난 뒤에서야 몸을 긍정하고 마음을 긍정하는 이 어리석음을 평생 반복하면서 회복기일 때에서야 겨우 고통의 폭과 깊이를 깨닫고 무사히 건너왔음을 안도한다.

생은 나를 볼모 삼아 마음을 사로잡고 집요하게 가스라이팅을 하며 불법을 공모하고 죄악을 강제한다. 그 유혹을 견딘 끝에서야 비로소 평안을 얻게 만드는 사탄 같다. 사람이 떡으로만 살 것이 아니라던 예수의 대답은 마지막 성찬에 떡을 나누며 "이것은 내 몸이라(Hoc est corpus meum)."라는 말로 완성된다. 사탄의 유혹은 광야의 사십일만이 아니라 평생이었을 터이다. 그 아름답고 사악한 힘에 압도당하지 않은 이가 건네는 헌신은 고요하고 부드럽게 스며들고 마침내 사람 하나하나의 생으로 파고들어 일체화를 완성한다. 압도한다는 말조차도 무색한 완전한 승리, 완벽한 동일.

해서, 나는 이 말을 몸에 새기고서야 언어의 현현玄玄이 몸에 현현顯現됨을 보았다. 삶은 다르게 치환된다. 내가 거부한 떡은 내가 받아들인 떡과 본질적으로 다르다. 나의 피를 보면서 황홀해하던 시간은 이제 저편 너머 다른 세상에 머문다. 마음속을 소요하며 내적 풍경을 바라보는 일이 요즘은 가끔 아름답다. 새롭게 일으켜 지평을 넓혀가는 풍경에 그늘이 없을 수 없겠지만 그대로 눈부시게 반짝인다. 내 다정한 친구들이 날아오르고 다가오고 유영하는 곳. 그들을 세상에 풀어놓으려 했던 마음을 거두고 하나로 결합 된 지금이야말로 그토록 오랫동안 내가 바라왔던 세상 풍경이란 것을 깨달았다.

# 비 내리는 날들

캄캄하게 비가 내린다. 약 먹고 몽중에 뭘 해 먹고 그대로 잠들었나 보다. 새벽에 깼다가 다시 자고 일어나 조금 회복된 상태가 되니 사람은 먹어야 하고 자야 한다는 걸 새삼 확인한 기분이다. 나는 약도 먹어야 한다. 괜찮다. 사실, 마른세수를 하며 방을 나서서.

커피를 내리려 하다 내가 무엇을 먹었다는 걸 알았다. 그런데 뭘 먹었는지 모르겠다. 먹는 행위도 먹은 음식도 기억에 없다. 그저 싱크대 선반에 접시를 보고서야 알았다. 뭘 먹었지? 생각해보다가 어이없어 웃다가 다시 또 거실 상태를 보고서 한심해졌다. 빨래를 돌린다. 이불과 커튼도 빨아야 해서 엉망이다. 청소도 못

하면서도 몸에 닿는 것들은 정기적으로 세척해야 해서 던져놓고 그대로 방치. 와중에 분리한 쓰레기들. 지금 나는 게임으로 치면 HP가 대략 20 정도 회복됐을 거다. 무리하면 다시 엉망이 된다만 또 무리할 기세를 알아서 이 글을 쓴다. 하지만 이미 너무나 엉망이다.

마침 친구 덕분에 새삼 기억해 낸 유카타라는 가수의 생을 들여다봤다. 내겐 <I love you> 원곡자라는 것과 일찍 생을 마감했다는 단편적 정보밖에 없었다. 흔히들 말하는 8, 90년대 일본 시티팝에 관해서도 관심이 전무했던 터라, 이 나라 가요라고 말하는 것을 거의 싫어했던 터라, 한때는 내가 들을 수 있는 음악은 바흐뿐이었던 터라, 긴 세월 해서 세상의 음악은 소음이고 해서 괴롭기만 했던 터라 같은 시대를 공유하면서도 알지만 어떤 감성은 낯선 것들이었다

거기에 처음으로 관심을 갖게 된 건, 몇 년 전 다른 친구가 공유한 <Plastic love>를 듣고서였다. 그 시절의 애니 그림체 분위기까지 이해가 가게 된 계기였다. 아

주 늦게서야 접한 어떤 문화에 대해서 아쉬움이 남기보다는 계보 같은 게 보여서 신선하고 즐거운 충격이었다. 그 흐름이 보인다는 것, 내가 그토록 싫어했던 가요의 일면이 이 문화의 표절이라는 것, 더 이상 새로울 게 없다, 고 생각했지만, 과거의 무언가가 낯선 즐거움을 준다는 게 기뻤다. 그러다 우연히 다시 그 시절 곡을 듣고 목소리의 어떤 느낌이 와닿아 어제 문득 찾아보고선 굳이 깜짝 놀랐다. 가사들이, 깊은 우울증으로 헤매던 십 대의 내가 적혀 있는 것 같았다.

여기저기 정보를 찾아보다가 본, 웬만한 라이브는 특유의 과장이 싫어서 기피하는 편인데, 유카타의 영상을 보고, 저 사람이 쏟아내는 감성들이 거짓 없이 아파서 조금 슬펐다. 아무리 유명인이라 하더라도 개인의 정보를 찾아보는 걸 좋아하지 않아서-자신의 삶이 날날이 떠벌려지는 걸 누가 좋아하겠나 해서 찾지 않는 편이다-스킵하는 쪽인데 그런데도 그가 쓴 가사들 때문에 어떻게 이런 언어들을 적고 노래할 수 있나 궁금해서, 읽었다. 살아서 많이, 많이 아팠구나. 이토록 아름다운 사람이, 너무나 아팠는데, 사람들은 그의 아픔을 착취하며 살았구나. 역시나 개인의 사생활은 안 보는 게 예의라는 생각에, 내 호기심이 참 싫었다.

어떤 가수의 앨범 하나를 다 듣는 걸 요즘의 나는 못 한다. 분명 거슬리는 게 나오기 때문이다. 예상했겠지만 당연하게도 아니 당연하지 않게도, 유카타의 앨범 중 궁금했던 곡들이 많이 수록된 앨범 전체를 들었다. 감탄하며 슬펐다. 이 사람의 곡들은 그의 비극적이고 자극적인 개인사로 인해 오히려 너무 평가 절하됐다는 생각을 했다. 물론 내가 그 시절 음악을 다 들어본 건 아니지만, 어떤 멜로디 어떤 가사들이 왜 그렇게 반향을 일으켰는지는 알 것 같았다. 〈졸업〉을 들으면서 춤추듯 달려 나가며 밤 학교를 부숴버리는 행복한 상상을 했다. 내가 하고 싶었으나 못했던 게 거기 있었다. 굳이 학교 뒤편에서 모든 교과서를 찢어버린 것으로 만족해야 했던, 그제야 막을 내린 학창 시절이었지만, 아름답고 그래서 불행했던 내가 있었다.

자퇴를 하고 싶어 하는 학생들이 없는 사회와 학교를 상상하곤 한다. 자퇴하고 싶어서 괴로웠던 시절을 돌이켜 보면, 이해할 수 없겠지만 나름 사랑받는 학생이었다. 친구들은 가끔 나를 동경하기도 했다. 야자(야간자율학습의 준말이지만 자율은 없었다) 시간에 빠져나와 몰래 노을을 관찰하다 예쁜 날들이면 교실 커튼을 젖히고 복도를 달렸다. 노을을 보라고 소리치면 우리는 당시 고3, 한계치까지 공부를 하다가도 바라보며 감탄하곤 했다. 그 시절 내 기쁨은 그런 것이었다.

교정이 예쁜 학교여서 단풍 시절이면 눈물 나게 고왔다. 다시 야자를 빠져나와서 은행 나뭇잎 깔린 뒤뜰에 누워 별을 바라보곤 했다. 가끔은 강당 옥상에 올라가서 누워 별을 봤다. 내려다보며 참아내는 시간은 아팠다. 모든 것을 끝낼 수 있는 가능성을 앞에 두고 그 유혹을 참으며 별을 보고 있으면 여기가 옥상인지— 옥상 문이 열린 걸 친구들은 몰랐으니까 거의 나 혼자 차지였던— 아니면 그저 운동장인지 구별이 되지 않았기에 버텼던 것 같다. 절친은 내게 현실도피라고 했다. 지금도 인정하는 바이다. 현실은 가혹했으니까 살려면 도피하는 것밖엔 방법이 없었다. 이 나라의 교육제도가 끔찍한 학생이 그 안에서 살아가려면 무슨 방법이 있겠는가.

씁쓸하게 웃기만 하는 어른이 되어서도 이 사람의 곡들이 이렇게 기억을 건드리고, 지금의 나를 건드리는 걸 보면, 역시 친구 말대로 현실도피는 진행 중인 거고, 성장하지 않았구나 싶어서 허탈하다. 적응도 못하고 성장도 못 하고 다만 도피 능력치만 높아진 건가, 그럼 이것도 성장인가 우겨보려 했지만, 아닌 건 아닌 거니까, 정직해지자.

다시 흐리고 비. 잠든 새도 비가 내린 듯하다. 지치지도 않고 흐리고 비 내리는 나날이다. 계절이 뒤섞여서 흐른다. 이러면 안 되는 거 아닌가 싶은데 역시 기후 위기에 대해 포스팅한 글들이 보인다. 천천히 멸망해 가는 인류들아, 부디 우리만 멸망하자, 그러나 실현불가능한 일이지. 모조리 멸망시키며 발버둥 치다가 최후에 서서히 고통받으며 멸망하겠지.

역시나 나는 내가 인류라는 것부터 싫다. 요즘처럼 여러 증후군으로 일상이 망가져 버리면 이미 개인적 삶 자체도 상처인데 그래서 개인적 사회적 다양한 이유로 이젠 내려놓고 싶은데 그런데 그것도 죄라고 하는 세상에서, 그것도 상처라고 하는 세상에서, 나는 무엇을 할 수 있나. 졸업은 가능한가. 밤의 창을 부수며 달릴 수 있는가. 자아는 비대해졌고 나이만 먹어서 훈장 같은 상처를 안고, 비유가 아닌 실재로서 몽중의 삶을 살아가는데 사람아, 캄캄하게 비가 내린다.

# 대청소

대오각성

1.

대청소를 한다. 물론 나는 큰 물건들 옮겨놓고 로봇 청소기느님이 열 일 중이다. 그런데 이것조차 불가능한 시간이었다. 사실 청소를 이렇게 안 하고 사는 게 가능한가 싶었던 지난겨울 심하게 앓고 난 후, 내가 가진 마지노선마저 끊어진 기분이었다. 청소가 너무 힘들었다. 밥을 짓고 음식을 하는 것은 냄새 때문에 어쩌면 당연한 일이기도 했지만, 청소가 괴로운 건 좀 충격이었다. 물론 다행히 냄새 때문에 움직이는 나란 사람은 설거지는 잘 해왔고 분리배출도 잘 해왔다. 해서 자세히 보지 않으면 나름 청결한 생활처럼 보이기도 했다. 자잘한 신경줄이 끊어질 것처럼 팽팽해지고도 한참이 지나 그 줄이 늘어나 휘어져 볼썽사나워질 때에서야 움직일 수 있었다. 물론 그동안 나는 보이지 않는 노력을 한다. 수면과 식사에 나름 신경을 써서 어떻게든 움직일 수 있는 상태를 만들려고 무진무진 애쓴다.

반복되는 일상의 당연한 것들이 당연한 것이 되지 않는 사람들이 있다. 나 같은 사람은 타인의 일상을 볼 때마다 한없이 부러워서 가끔 울고 싶어진다. 눈물이 많아서 별명을 눈물이라 지어 준 학창 시절 선생님도 있었지만 우는 걸 정말로 싫어한다. 울고 나면 더 아프기 때문이다. 구체적으로 실체로서의 몸이 아프다. 흉통은 기본이고 두통이 총총 따라온다. 울고 나면 후련하다는 사람들도 내 부러움의 목록에 들어간다. 그런데도 울고 싶어진다는 생각이 들 만큼 일상이 무너지는 걸 바라보는 내 시선은 어떻겠나. 나란 사람을 형성하는 매일이 녹슨 것처럼 부스러지고 그게 나날이 갱신되어 녹슬어 부스러지는데 그저 넋 놓고 바라봐야 한다. 몸이 마비된 것처럼 움직여지지 않는다. 뇌와 뇌를 제외한 나머지는 각자도생한다. 우습다. 나는 나라고 할 만한 게, 통일된 무언가가 과연 있기는 한가.

청소를 한다. 하면서 결심한다. 마지막의 마지막까지 내버려 두는 이런 나는 그만두자고. 정말로 정직하게 말하자면 나는 대부분을 한계 이상으로 미루는 습관이 있다. 모든 게 귀찮다. 귀찮음의 영역에 들어가는 목록이 늘어나고 그만큼 미뤄둔 것들은 쌓이고 그걸 보면 또 아연해져 어디서부터 건드려야 하나 싶어서 또 미뤄버린다. 이런 악순환을 모르는 게 아니라 참 잘 안다. 해서 가끔 비참하다. 이런 걸로 비참하냐 생각할 수도 있겠지만 이런 것도 못 하니까 비참한 거다. 거대한 무언가는 성공하든 실패하든 비참하진 않다. 그런 건 신나는 영역에 들어가니까. 다시 부딪힐 맛이 나고 대체로 실패의 경험이 적은 편이다. 그렇지만 스스로가 사소하다고 여기는 영역들이 대체로 실패하고 나면 사실 그 사소한 게 거대한 영역으로 묶이는 부분이라는 걸 확인하게 된다. 조각조각 쌓여 산처럼 거대해진 일상의 모든 영역이 실패를 적어두고 반짝인다. 잔인한 장면이다.

2.

서재가 창고가 된 지 꽤 됐는데 손쓰지 못했다. 정리해야지 하는 의무감이 들어도 의욕이 나지 않았다. 책 한 권 제자리에 꽂는 것도 내겐 그간 너무 어려운 일이었다. 도저히 정리를 시작할 엄두가 나지 않았다. 정리 정돈은 기본이라, 일이란 생각조차 못 했는데 몇 달간 그건 도저히 풀리지 않는 퍼즐처럼 어려운 일이 돼 버렸다. 환기를 위해 서재를 오가면 엉망이 된 모든 것을 보면서 보지 않았다.

비가 내려서 열었던 창을 닫으러 갔을 때, 서재 책상 옆 큰 창으로 다가갔다가 문득 그리울 만큼 아늑한 기분에 감싸였다. 잠시 어둠 속에 서 있다가 창을 닫고 나오며 생각했다, 조만간 정리를 시작할 수 있겠구나. 드디어 하나씩 기능하는구나.

이렇게 긴 시간을, 며칠도 아니고 몇 주도 아니고 몇 달을 지나 거의 1년이 다 돼서야 나는 평생 봐온 나 비슷하게, 익숙하던 나와 유사하게 돌아가고 있다. 커다랗게 밀려와서 모조리 폐허로 만들어 버리는 쓰나미 이후처럼, 그 폐허에 가까스로 남겨진 인형처럼 버려진 것처럼 살았던 시간이다. 고통이 익숙하다 여겼지만 글쎄, 고통은 언제나 날것으로 잔인하다. 해서 능숙하고 영리하게 '극복'한다는 시건방진 생각 자체가 성립 불가능한 영역이다.

고통 앞에서야 나는 비로소 겸허해진다. 이 모래알 같은 인간아, 이 먼지 같은 생아. 반짝여봤자 그저 모래. 몰아닥치는 파도 앞에선 꼼짝없이 휘말려 그저 고통을 받아들이는 것밖에 할 수 없는 한 알의 모래. 다시, 나는 몇 주 전 내가 내린 '포기'라는 결단을 생각한다. 부끄러움도 슬픔도 아닌 깨끗한 단절로서의 포기. 하지만 이 역시 체화되는 데는 느리게 흐르는 시간이 필요할 터이다. 그러니 나는 조바심 내어서는 안 된다.

# 죽은 나무의
# 말

1.

정말로 맛있게 밥을 먹고, 그것도 잔뜩 3인분을 먹고 인조 나무 산 게 도착해서 심고 창가에 두었다. 생명이 있는 것을 거두는 게 두려워서 조화와 인조 나무로 방을 채운다. 그런데도 그게 실제와 흡사해서 심신 안정에 도움을 준다. 내가 펼치고 굽힌 대로 자라지도 않아 새싹도 단풍도 낙엽도 없고 분갈이도 필요 없이, 조용히 낡아가만 갈 것들.

가끔은 내가 저것들과 닮았다고 생각한다. 한치도 자라지 않고 성숙하지 않고 강해지지 않은 이 자리에서 공포만 학습해 불안만 증폭되어 낡아가는 사람.

순하고 여리고 착하고 맑은 마음들을 곁에 두고 지키고 싶다는 생각을 한 적도 있다. 근데 그러기엔 너무 시커멓게 타버려서 잎새도 꽃도 그늘도 피워낼 수 없는, 이미 죽은 나무라서 외롭다. 외로워서 누군가를 부르고 싶은 게 아니라 외로운 상태라서 외롭다. 그걸 벗어나고 싶지 않은데 그걸 알 사람이 없고 안다고 해도 그건 분명 다른 차원의 이야기일 것이기 때문이다.

2.

키신의 피아노 연주를 듣는다. 역시 이 사람 연주가 취향이다. 창 모조리 다 열어놓고 볼륨 높여서 듣는다. 침실뿐 아니라 집 전체에 연주가 흐른다. 문득, 바이올린을 켜던 에이의 영상이 떠오른다. 그 영상을 봤을 때 그간 그의 글들 속에서 바이올린에 대한 이야기들이 쏟아지던 경험. 요정? 웃기지 마. 이 사람은 신화에 가까운 사람인걸. 다시 키신에 집중한다. 음표가 흩날리다 꽂히는 것 같다.

한동안 잠 없이 살 수 있었지만 이젠 아침에 잠깐

잠든 걸로는 힘에 부친다. 짧은 조증 삽화가 지나갔다는 걸 깨닫는다. 생각이 튄다. 가끔은 내가 내 병증을 고백한 것이 내 취약점이 된다는 걸 깨닫는다. 생각 외로 그것으로 나를 해석하려 드는 사람들이 많다. 피곤한 일이다. 어쩌겠나, 나는 다시 내게 골몰하는 게 세상 평온한 시간이다. 썩어가는 고목처럼 침침하게 파고드는 시간. 자신을 바라보고 대치하는 건 무척이나 힘들지만 적어도 나만 힘든 일이다. 가시든 비수든 모조리 나에게만 겨누어진다. 키신의 음표는 흩날리는데 내게서 나오는 것들은 겨누는 것 투성인가 고민한다. 생각은 먼지처럼 쌓인다.

머릿속을 비우는 데는 독서만 한 게 없긴 하다. 내일까지 약속한 중요한 일로 인해, 생각 외로 간단한 일일 텐데도 컴퓨터를 열어볼 에너지가 아직 없다, 에너지를 조금 더 끌어올려야 한다. 옥상에 올라가서 별에 드러누워 있다 올까 생각하다가 생각으로 이미 지쳐버린다. 얕은 문턱도 넘기 힘들어하는 나는 거인국에 떨어진 소인국 사람 같다. 노력과 극복을 미워한다.

사람들에게서 뽑혀 나오는 감정 대다수를 증오한다. 역시 웃긴 게 최고라 생각한다. 어차피 감정이라는 작동에 대해 회의적이다. 감정이란 게 실재하는가? 글쎄. 뇌가 처리해낸, 생존을 위한 부산물이라 생각하면서도 달리 적당한 단어를 고르지 못해서 수차례 갈라져 뻗어나가는 어떤 층위들을 감정이라 상위 분류되는 말로써 적는다. 단어들이 재정리되든지 다른 대체어를 발견하든지 해야 할 것 같다.

인간의 공통된 언어를 자신의 언어로 재규정해버리는 시인을 부러워한다. 예술가라 지칭되는 존재들이 부럽다. 그들은 모두 자신의 기호를 언어를 가진 사람이다. 오독되든 어쨌든 상관없이 외롭고 자유롭다. 어차피 많은 게 유희 같은 거 아닌가, 싶다. 혹은 정확히 사전적 의미로만 단어를 사용하는 소수의, 이공계 사람이 부럽다. 사람들을 어차피 깊은 곳에서 각자 골몰한다. 나는 내면으로도 흐르지 못해 스스로 잎새를 틔우지 못한다. 내 안의 유기성조차 훼손된 지 오래다. 언어는 내부 통합을 거부한다. 유기적이란 말은 표면

적일 뿐이다.

3.

비 내리는 밤, 빗속에도 씻기지 않고 다시 살아나 공기 중에 부유하는 온갖 꽃가루 먼지벌레 들 덕분에 기침은 가라앉지 않고 숨쉬기는 힘들다. 컨디션이 좋지 않은데도 오래 샤워를 하고 나와선 창을 열고 습한 공기를 내보낸다. 습하기는 바깥도 마찬가지지만 바람은 오고 가며 안팎의 공기를 뒤섞어 탁한 것들은 낮아질 것이다. 움직여지는 몸을 보면서 신기해한다. 거의 울 것 같던 심정으로 움직여지던 것이, 스스로 움직여진다. 나는 또 한 차례 살아낸 것일지도 모른다. 봄눈 하나 틔우지 못한 그대로, 다시, 그러나 마치 수액 길어 올리듯.

# 내게 비둘기 같은 평화

선한 의도가 선한 결과를 낳는 것은 아니다. 살아오면서 깨달은 것은 세상도 나도 공평하지 않다는 것이다. 불공정한 삶을 살아가는 것은 때때로 개인을 짓밟고 갈기갈기 찢어놓는 듯한 고통으로 치달아 연결되기도 한다. 이성적으로는 이해하면서도 받아들이기 힘든 명제들.

다시 한번 말하지만 선한 의도가 선한 결과로 반드시 이어지는 것은 아니다. 선한 의도라고 생각했던 것조차 사실은 불의함을 가득 함의한 것일 수도 있다. 성찰하지 못해서, 혹은 무지해서, 혹은 인지 부조화로 인해서 우리는 그 불의함을 선함으로 포장하기도 한다.

또한 의도가 선하고 과정이 선하다 하더라도 결과적으로 상대에게 가 닿을 때는 변질하고 왜곡되고 발효되어 전혀 다른 상황을 만들기도 한다. 때로는 상대가 악하거나 불의할 수도 있다. 조금만 생각해보면 수많은 이유로 선한 의도는 선한 결과로 이를 수 없다는 것은 확률적으로도 명백하다. 아주 적은 퍼센트로 의도와 결과가 일치할 수 있다는 것을 쉽게 예상할 수 있다. 따라서 단언컨대 선한 의도가 선한 결과에 필시 이른다는 것은 환상에 불과하다.

사람들은 때때로 자신의 의견이 비판받거나 거부를 당하면 자신의 존재가 거절당하는 듯 느끼기도 한다. 어리석어서가 아니다. 머리로는 아니라는 것을 인지하는 사람들조차도 의견의 차이를 존재의 배제로 받아들이는 경우가 허다하다. 나 역시 그러했던 경우가 왕왕 있었다. 심신이 많이 무너졌을 때, 내가 나로서 서 있는 것 자체가 부당한 일처럼 느껴지던 때, 정신과 마음은 각자의 길로 부단히 가느라 스스로가 찢어지는 고통을 느낄 때마다 의견 차이는 외롭고 고되고 슬프기까지 했다. 두뇌는 심장과 멀어지며 각자 작동하는데 오히려 심장의 박동만이 살아있음을 환기하고 모든 게 마비된 것 같을 때, 우리에게 이성적 조언이란 얼마나 가소로운 것인가. 그럴 때 선한 의도로 건네는 노력과 극복이라는 단어는 얼마나 폭력적인가. 그럴 때 내미는 충실한 조언은 얼마나 잔인한 칼날이 되는가. 그럴 때 내가 내뱉는 반응은 궁지로 내몰려 이빨과 손톱을 드러내며 위협하는 짐승의 모습과 닮아있다. 궁지에 몰린 존재는 본능적으로 존재를 걸고 자신을 지키려 애쓴다. 그게 결론적으론 자신을 해치는 상황으로 이어진다 해도, 덫에 걸려 상처 입은 짐승을 구조하려 애쓰는 존재들의 손길을 물고 할퀴고 짖어댄다. 아무리 선량한 마음으로 접근한다고 하더라도 그걸 안다고 해도 얌전해질 수 없을 때가 그럴 때다.

사람들은 때때로 그러해서, 선한 의도였는데 왜 무느냐고 왜 내 선한 의도를 못 알아주느냐고, 왜 선한 의도를 곡해하느냐고 말하며 자신을 상처입히는, 상처 입은 존재에게 공격적으로 변하기도 한다. 그렇다,

선한 의도는 선한 결과로 이어지지 않고 당신의 선함은 때때로 폭력적이며 그 의도를 상대가 읽지 못한다는 이유로 본인의 폭력성을 정당화하기까지 한다. 이 찬란한 선함의 폭력성은 그래서 궁극적으로 선할 수가 없다. 완전한 순수함으로 선하다 하더라도 사람들은 십자가형을 내리며 옆구리를 찢고 가시 면류관을 씌운다. 결과의 악함으로 의도와 과정의 선함을 전복시킬 수도 있는데 하물며, 우리가 말하는 의도의 선량함이란 얼마나 얄팍한 것이냐.

사람들은 선한 의도를 읽어내고 받아들일 수 있는 최소한의 환경과 조건이 주어질 때에서야 비로소 서로 선한 영향력을 주고받을 수 있다. 목구멍이 포도청이고, 주거가 위협받고, 기후가 위기에 처했고, 불안전한 먹거리를 가지고 날날의 개인으로 찢어서 횡포를 휘두르는 신자유주의 앞에서 철저하게 고립되어가는 개인인 우리가 과연 선한 의도를 들여다볼 여유를 한 뼘이라도 가질 수 있는 것일까? 우리는 서로를 왜곡되게 바라보도록 구조적으로 설계 당하고 있는 삶은 아닐까? 이러한 대다수 개인에게 선한 의도를 읽어내고 선한 과정을 인내하고 그렇지 못한 결과로 이어지더라도 승복하고 인정하라는 말은 일탈한 몇몇 위대한 개인을 탄생시키며 얼마나 많은 개인을 소외시키는가.

의견이 거부당하고 비판받더라도 존재가 거부당하거나 비판받는 것은 아니라는 것을 오롯이 받아들일 수 있는 개인으로 우리는 서 있고 싶다. 선한 의도가 선한 결과를 낳는 것이 아니라 해도 그 과정만으로 자족할 수 있는 여유를 우리는 누리고 싶다. 그 모든 것이 개인의 위대함과 개인의 특출 남 때문이 아니라 사회 전체가 사회 시스템이 지원해주는 자원이 풍성하기 때문에, 그렇기에 어떤 상황에서도 최소한의 인간적인 삶이 가능하기 때문에 가능한 여유, 그런 여유의 시공간을 향유하고 싶다. 개인의 노력으로 성취되는 힐링과 워라밸이 아니라 기본권으로서 생명을 가진 것들이 존중받아서 치유되고 조화로운 삶을 일구어 갈 수 있었으면 좋겠다. 존재란 결국 평온에 이르지 못

하더라도 적어도, 노력이라는 것이 개인의 몫인 지옥에서 벗어나기 위해서라도 연대의 목소리를 듣는 것이 가능한 시대를 꿈꾼다. 모순되고 불완전하고 이기적이고 불행한 그대로 각자의 생존이 위협당하지 않는 공동체의 선한 의도를, 비판을 공유하고 싶다. 그곳은 어쩌면 불가능한 것이 아닐지도 몰라서 나는 죽음 이후의 천국을 꿈꿀 수 없다. 아니 꿈꾸지 않는다. 지금 당장, 살아있는 이곳에서 지옥을 벗어나고 싶다. 선한 의도가 존재의 거부라 느껴지는 끔찍한 기반이 적어도 생존의 문제가 아닌 곳에서 살고 싶다.

지금도 거리 곳곳에서 존재를 걸고 싸우는 이들의 목소리를 듣는다. 철창 안에서 고기로서만 존재하다 죽어가는 존재의 비명을 듣는다. 그들의 선한 의도가 왜곡되어 오히려 폭력이라 불리는 것을 듣는다. 딸 같아서 직원의 가슴을 움켜쥐고 예뻐해 주느라 아동을 만졌다는 선한 의도를 듣는다. 그 선한 의도로 포장된 폭력성을 안 봐도 되는 자들의 동조하는 선한 과정을 본다. 이 모든 폭력성은 언제나, 당연하게, 늘 그렇듯,

약자를 향하고 있다는 점에서 분노한다. 분노하는 나는 선하지 못하고 극복하지 못한 개인으로서 분노한다. 왜곡된 의도와 포장된 의도를 구분하며 무엇이 폭력인가 되물어서 폭력적인 인간이 된다.

너희는 서로 사랑하라 하였던 예수는 교회에 이르러 채찍을 들고 쫓아내고 무너뜨리며 폭력을 행함으로 사랑의 본질을 보여주었다. 내가 곁으로 머물 선한 자리는 이러한 폭력이 내재한 곳에 있다. 비폭력의 폭력성을 듣고 본다. 선한 의도는 선한 결과를 낳지 못하고 존재를 배제할 수도 있다. 선한 폭력성은 악한 비폭력보다 평화에 가깝다.

너를 보내고 너를 축복하면서,

내가 너를 사랑하는 마음은,

부드럽게 날아다니는 나비들의 춤 같아서 다행이라고,

천천히 고개를 돌려 캄캄한 앞을 바라보며 생각한다.

# 너의 목소리

약을 먹어도 도무지 마음을 가눌 수 없는 날이었다. 약을 먹어서는 몸도 가눌 수 없는 날이었다. 밥을 먹으려 해도 잠을 자보려 해도 말을 하거나 글을 쓰려고 해도 그 모든 것이 버겁기만 했다. 절대적으로 혼자인 집안에서 나는, 사방이 벽인 공간에서조차 기댈 곳도 숨을 곳도 없었다. 나는 안전하지 못했다. 내게 가장 위협적인 존재는 나 자신이었고, 그런 나를 스스로가 헤치며 해칠까 봐 무섭고 무서웠다.

지난해 유월의 시간을, 내내 그렇게 보냈다. 직장을 그만두고 장기를 덜어내는 수술을 하고 긴 회복기를 본가에서 보낸 후, 맞닥뜨린 현실, 이 무한대의 자유

앞에서 나는 방향을 잃은 채 낯선 도시를 헤매는 사람처럼 서서히 무너져 갔다. 오랜 시간 나를 쌓아왔던 긴장의 끈이 툭 하고 풀어져 버렸고 찢어지고 흩어지는 경계들을 바라보는 내내 아프고 슬펐으나 손 쓸 수가 없었다. 아무것도 할 수 없었다. 의식은 무의식과 자리를 맞바꾼 듯 이어지고, 밤과 낮은 서로를 침범하며 무작위로 느닷없이 들이닥치는 괴한 같았다.

실질적이고 성과적인 무언가를 해보겠다고 억지로 엮어내어 바깥으로 나가 있는 시간은 불안을 증폭시켰다. 모든 곳은 폐허였고 폐허 속에서 자꾸만 화살과 비수가 날아드는 나날이었다. 맨정신으로 껍질이 벗겨지는 것 같은 고통을 바라보면서 나는 내가 불쌍했다. 어느 날은 길고 긴 울음소리를 내며 오래 울었다.

너는, 그날 내 울음을 모조리 들으며 가만히 있었다. 그 시절 매일 아직 살아 있다는 것을 확인할 수 있는 유일한 흔적은 너의 목소리였다. 목소리로만 존재하는 너를 어디선가 만나 네가 귀를 기울이는 모습과 대답하는 모습을 보면서 예전에 너는 내게도 그러했겠구나 짐작하며, 충실했던 너의 경청을 확인하며 뒤늦게서야 감사했다.

언젠가 너는 내게 네 목소리를 저장해서 보내주기로 했다. 기억하고 있을까? 알아채고 있었을까? 그때의 나는 너의 목소리로 인해 살아있음을 확인하고 너의 목소리로 인해 어느 날 구원 받은 것처럼 느닷없이 괜찮아지곤 했다. 물론 그것은 일종의, 조증 시작을 알리는 신호탄 같은 나아짐이었지만, 그런데도 나는, 그날로 너를 진심으로 한 칸의 애정하는 자리에 온전히 앉힐 수 있게 되었다.

몽유夢遊로 헤매고 집안을 엉망으로 만들어 버린 날들이 이어지고, 약으로도 다스려지지 않아서 못 마시는 술을 마시고, 이렇게 망가지는 것 외엔 길이 없어 보이는 낯선 시공에서 너의 목소리는 나침반처럼 방향을 설정해주고 작은 별빛처럼 위로가 돼 주었다. 이런 마음을 전하면 너는 당황할지도 모르겠다. 하지만 바람을 일으켜서라도 너에게 보낼 수 있다면 내 온기와 감사를 함께 전해주고 싶다. 너만이 알아챌 수 있는 옅은 향기를 담아서 너만이 미소 지을 수 있도록, 마치 머리카락을 잘라 선물하던 옛사람들의 마음처럼, 우리만의 상징으로 가 닿고 싶다.

지금도 때때로는 일상을 허덕이며 헤매고, 때때로 불면으로 고통받고, 때때로는 감당할 수 없어서, 우울과 조증으로 인해서, 부유하는 일상을 보내기도 한다. 그러나 이제는 곁을 지켜주는 사람들의 다정함을 차곡차곡 가슴으로 담으며 그 덕에 버티고 그 덕에 유지되고 있다. 굳이 너를 떠올리지도 너를 찾지도 않는다. 그러나 너도 느낄 것이라고 단정하며, 가끔은 매우 섬세하고 고운 마음결로 너를 부르곤 한다.

너의 이름을 부르며 안부를 굳이, 목소리를 내어 묻는다. 진심만을 가득 길러 넣어 너의 평안을 기도한다. 보고 싶다는 말도 전한다. 목소리가 듣고 싶다는 말도 전한다. 내 방을 가득 채우던 목소리는 여전히 떠

돌고 있는 듯 대답하며 웃는다. 너를 보내고 너를 축복하면서, 내가 너를 사랑하는 마음은, 부드럽게 날아다니는 나비들의 춤 같아서 다행이라고, 천천히 고개를 돌려 캄캄한 앞을 바라보며 생각한다. 네 손끝에 닿았던 그날의 나비는, 지금의 내가 과거의 너에게 갔던 것인지도 모르겠다. 나는 시간의 직진을 믿지 않는다.

# 믿음

"나는 증오를 품을 만큼 상냥하지 않다."

–「도쿄구울*」re2 중에서

사람에 대한 믿음이 없다, 이유는 나조차도 너무나 가변적이어서 믿을 구석이 없기 때문이다. 이렇듯 내 우울의 원인은 언제나 나 자신에게 있다. 한결같음을 원하지만 그렇지 못한 나 자신, 신의를 저버린 세월의 면면을 돌아보면 부끄럽고 아프다. 그래서 편을 가르고 편을 들어주는 걸 잘 못한다. 만약 하게 되더라도 결국엔 죄책감에 고통받는다.

---

* 식인 괴물인 구울과 인간의 대결 및 공생을 다룬 일본 애니메이션.

누군가 저지른 실수만으로 그 사람 자체를 평가하여 내모는 것도 잘 못한다. 모두가 가변적인 존재들이라 사람은 변할 수도 있다는 생각 때문이다. 그렇다 보니 적어도 개인적 기준에서는 몇 번의 기회를 준다. 참을 수 있을 만큼 참아보는데 만약 상대가 변하려는 의지조차 보이지 않는 사람이라면 마음을 접는다. 핑계를 일삼는 이를 보며 조소하다가도 그 끝은 비릿한 슬픔이 남는다. 생선 싼 종이에서 향내가 날 수 없기 때문이다.

맥락을 제거한 채 단편적인 사실만으로 가치평가 내리는 행위도 조심하려 한다. 물론 생각만큼 잘되지 않는다. 내가 알게 된 사실 역시 대체로 어떠한 삭제와 편집을 거치고 난 후 들어오는 경우가 허다할 터라서 평가는 유보하려고 애쓰는 편이다. 또한 어떠한 일에 대해서 사람들과 이러저러하게 이야기하는 것에 금세 피곤함을 느끼다 보니 개인적으로 톡이나 메시지를 잘 하지 않아서 그걸 통해 듣게 되는 소문도 적은 편인 탓도 있다.

그러나 내게도 소문은 흘러들어온다. 생각 외로 그것은 끝물일 경우보다 싱싱한 첫물의 뒷말일 때가 많다. 물론 내게 들어온 절대 비밀에 대해선 지키려 노력한다, A와 B가 시차를 두고 같은 소문을 들려줘도 매번 아예 처음 듣는 이야기인 듯 상대를 대한다. 그래야 소문은 내 선에서 더는 나아가기 힘들어진다. 이를테면 나는 소문의 둑을 막아 멈추게 하고 싶은 것이다. 때로는 들려준 사람이나, 소문의 당사자를 보호하려는 조치이기도 하다. 하지만 가장 중요한 이유는 자신을 보호하기 위해서다. 사실 그것도 피곤한 일이라서 아예 그 비밀 자체를 듣는 것도 꺼리는 편이다. 내가 나를 못 믿는데 절대적으로 지켜지는 게 가능하겠나 하는 회의감이 크기 때문이다. 그렇다 보니 내 입 밖으로 나간 말이 소문으로 번지게 되면 그러려니 하려 애쓴다. 소문은 혀끝에서 나가는 순간 비밀의 기능을 잃고 둑이 터진 물길처럼 갈래지어 흩어진다. 때로는 흙탕물과 섞여서 오염이 되고 때론 빨리 말라서 멈춘다고 하더라도 물길로 인한 피해는 크든 작든 생채기를 남기기 마련이다.

때로는 타인의 놀림이나 조롱을 짐짓 모르는 듯 웃어넘길 때도 있다. 진실을 보지 못한 채 편집된 어떤 사실의 일면으로 나를 평가하고 있다고 하더라도 그 사람도 언젠가는 변할 수 있겠지 하는 마음 때문이다. 눈치가 빠르지만, 눈치 없는 듯 그저 모르는 척 넘어가는 내 마음을 들여다보면서 하루는 집 안 구석구석을 청소했다. 이런 게 관계의 평화를 위한 비겁함인가 고민해봤지만 아무리 생각해도 그것은 아니었다. 그저 사람이 변할 수 있다는 가능성만은 아직 믿기 때문에, 내 쪽에서는 섣부른 판단을 내리고 싶지 않기 때문에, 그와 감정을 건드리며 다투고 싶지 않다는 이유로, 굳이 조금의 기분 나쁨이야 청소하듯 쓸고 닦아 지워내면 그만인 것 아닌가 하면서, 자신의 질문에 답을 했다. 물론 가장 큰 이유는 귀찮음 때문이지만.

편을 지키는 것에 대해서는 이렇게 회의감을 가지면서 곁을 내어준다는 말은 진실로 사랑한다. 많은 이들이, 아마도 나처럼, 이 모든 피곤함을 물리치고 내어줬을 그 '곁'이란 것이, 얼마나 수고롭고 다사로운 것인가 싶어서 가슴 깊은 곳이 다정해진다. 그만큼 넉넉함은 어디서 오는 것일까, 더듬어보면 그 섬세한 마음 씀씀이가 감사해서 발톱까지 따뜻해지는 기분이 들곤 한다. 그렇다면 결국 결을 지켜 함께 있어 주는 마음 아니겠는가 하여, 삶도 흔적을 남기며 밀려 나가는 것이라면 내밀려 나간 흔적의 접히고 열린 모습이 적어도 아름다운 강도와 분리로 흩어질 것이라 믿게 된다. 그건 아름다운 흔적일 터이다.

# 반짝반짝
# 열기구 여행자

자꾸만 뭔가 글로 남기고 싶은 마음이 드는 것은 글을 쓸 때마다 행복한 기운이 스며 나오기 때문이다. 글을 쓰면서 지내는 시간, 책을 읽거나 E-book을 들으면서 보내는 시간, 가만히 기대 생각하면서 보내는 시간, 영국 드라마나 일본 애니메이션을 보는 시간 모두가 내겐 활자와 연결돼 있다. 눈을 감고 귀를 통해서도 영상을 보면서도 글을 쓰면서도 읽으면서도 내게 빨려 들어와 혈관을 타고 돌아가는 것은 마치 활자로 이루어진 것만 같다. 활자화된 것들이 다양한 형태를 띠고 다양한 음색을 띠고 율동적으로 유영한다. 모든 것은 건반이고 모든 것은 그사이를 헤엄치는 글자 물고기들 같다. 행복하게 팔딱이는 글자들. 나는 그 글자를 잡고 어루만져 내 하늘에 띄워 별자리를 만들고 무지개를 그려낸다. 세상이 새롭게 만들어지고 그 안에서 글자들이 반짝거리며 속삭인다. 명랑한 음색들로 지저귀는 새들처럼, 오늘도 나왔냐며 인사하던 봄밤 별들이 참방참방 발을 간지럽히던 작디작은 송사리들처럼.

여름 하늘에 깜빡이던 별과 겨울 하늘에 찬란하던 별은 서로 다른 존재 같았다. 여름이 조금 부드럽고 따스한 미풍 덕분에 하늘에서 쓸려내려 오는 빛살을 가졌다면 겨울은 하늘을 향해 뻗어 올라가는 앙상한 나뭇가지들처럼 철저하게 금속화돼 솟아오르는 빛살을 지녔다. 그래서 여름이 깜빡이는 느낌을 풍긴다면 겨울은 찬란한 분위기로 압도한다. 순하고 투명한 여름별과 달리 강하고 단단한 겨울별은 가끔 벼려진 검들이 부딪칠 때 나는 소리 같다. 아, 아름다운 공감각. 내 작은 언어들은 여름과 겨울의 별만을 간직한다. 365일 섬세하게 다르게 빛나는 예민함을 길러내지는 못했고, 가끔 무지갯빛으로 잠시 치환되는 정도이다. 그런데도 나는 나의 다락방 하늘에 놓인 이 언어의 별들이 너무 보고 싶어서 하루에도 몇 번씩 나무 사다리를 오르내린다. 일상의 공간에서 이동하는 순간의 즐거움. 가끔 나무 사다리에서 내려다보면 바닥이 까마득하다. 그 까마득한 거리를 보며 내 손에 새롭게 건져낸 일상 한 자락을 움켜쥐고 다락방으로 향한다. 싱싱하게 싱글거리는 존재들의 웃음소리, 아니 내 웃음소리일까.

오늘은 어떤 이미지로 별자리를 만들어 둘지 어떤 빛살의 별로 어루만질지 고민하다 보면 몇 시간이 훌쩍 지나가 있다. 나의 기운과 일상의 기운이 조화를 이루어 독특한 반짝임을 생성해 내면 그 속삭임은 속삭임으로 이어져서 이내 어느 공간을 채워나가며 증식한다. 어떨 때는 내가 의도한 형태로 자리 잡지만 어떨 때는 사제가 된 것처럼 의식하지 않으면서도 의식을 따라가며 언어의 힘에 맡기기도 한다. 어떤 방식으로든 찰랑찰랑 부유하여 떠오른 하늘의 자리에서 나름의 아름다움으로 자리 잡고 나면, 그저 행복해진다. 나와 일상이 만들어 낸 오늘의 별자리를 잠시 들여다보다가 며칠은 그냥 둔다. 조금씩 자리를 맞추고 폭과 깊이를 변형시키는 것은 시간이 조금 더 지난 후 진행한다. 그래야 너무 차갑거나 너무 뜨거워서 손대지 못했던 세목도 찾아내 쓰다듬을 수 있기 때문이다.

오늘도 나는 영국 드라마의 언어 색에서 일본 애니메이션의 언어 색을 물들이고 섞어서 신기하고 즐거운 언어를 만끽하며 일상 조각으로 베어냈다. 따끈따끈 고동치는 조작을 펼쳐내어 확장하며 빛나는 자리 하나를 만들어 나갔다. 조금은 겨울보다는 여름 같은 느낌인데 여름 중에서도 한여름 밤 같은 기운이어서 옥상에 누워 바라보던 십 대 때 하늘을 옮겨온 것 같았다. 계절과 상관없이 어디선가 꽃향기 실려 오고 아이들이 늦게까지 뛰어노는 놀이터의 소리가 들려오고 선풍기 에어컨 돌아가는 소리가 들려오고 열린 창들에서 늦은 시간까지 불이 켜진 빛줄기가 어른거리는, 이른 밤 여름별의 속삭임 같은 활자들이 환상처럼 펼쳐진다. 내 작은 다락방은 그래서 점점 더 부풀면서 커지고 있다. 어쩌면 내 집보다 더 큰 다락방을 언젠가는 갖게 될지도 모르겠다는 생각에 행복해져서 웃는다. 열기구 같은 일상이 상상되었기 때문이다. 봄꽃 가득한 거리는 봄별을 떠받들고 달은 둥실 떠 있다. 나는 하늘과 지상의 빛나는 것들을 모두 품고 여행하는 방랑자가 된다.

# 다만,
# 간결하게

바람 속에 먼지가 묻어난다. 먼지는 바람으로써 존재를 드러내고 움직이고 어둠을 만나 드디어 안식을 얻는다. 경계를 그려내는 마음 탓이라 다독이면서도 그 경계를 열심히 확인하고 씻는 것밖에는 나는 아직 방법을 몰라서, 경계로 이어진 마음은 그사이의 반짝이는 먼지로나 확인되었고 다만 그것으로도 만족했다.

공존이라는 것이 반드시 공간의 공유를 의미하는 것은 아니어서 이어짐을 물화하여 규정할 수는 없다. 공존은, 시간이라는 것으로 엮여 서로의 마음 깊은 골을 따라 흐르는 낮은 물과 같은 건지도 모른다. 흘러들어가는 시간은 서로를 적시고 파문을 일으키는 그리움을 물결로 내보낸다. 어떤 인연은 손끝, 옷깃 한 자락 적시지 못한 채 흘러서 주변만을 휘감고선 증발해 버리는 거품이기도 하다. 그러나 그러할지라도 서로의 경계를 바라보며 마치 지상의 모든 선처럼 사실은 접해있으므로 나눠진 것으로 생각했다.

시간을 공유했던 그 언어의 순간에, 언어로만 존재하는 그 순간에 우리는 하나의 글자로서 완벽하게 존재하고 그 행간 아래 마음을 묻는다. 묻힌 마음을 캐어내어 그 빛나는 것들에 황홀해하거나 혹은 쓸모없음을 비웃고 먼지처럼 부유하더라도 풀어내어진 그 무수한 언어들은 무희들처럼 주변을 떠돌며 날아온다. 나비처럼 날아가 버리든, 날아 올라가 별의 언어로 속삭이든, 모조리 녹아내려 노을처럼 산화해서 사라져 버리든. 어쩌면 그래서 사람과 사람의 관계란 것은 그 경계로 인해 눈 내린 아침처럼 허무한 건지도 모른다. 그건 그저 찰나의 아름다움이고 그 찰나는 포착한 존재만이 눈 깊은 곳 심연에 담아둘 수 있을 뿐이다.

이 어둠 속에 숨어든 것들은 마치 원래 그곳에 있었던 것처럼 자리를 틀어 몰아내기가 쉽지 않다. 밀려나지 않으려 뿌리 내린 듯 들어앉은 것들을 지우려 애쓰다 보니 오히려 닦이진 않고 생채기만 얻기도 한다. 생각해보면 어디 내가 나로서만 있는 것인가. 내가 만들어 내는 티끌과 세상이 만들어 낸 티끌이 엉켜 자리 잡은 것들로 아우성이다. 밀어내고 몰아내며 닦아도 비웃듯 들어앉은 것들은 꿈쩍 않는다.

언제부턴가 먼지는 내 안으로 스며들어서 잘 보이지 않는 어둠 속에 자리 잡고 틀어 앉았다. 이제는 긍정도 부정도 거부하고 그저 관조한다. 혼란스러움은 상태만이 아니고 상황만도 아니다. 혼잡한 나는, 여전히 뒤섞인 전체로서 형상화되고 살아 나아간다. 혐오하지도 사랑하지도 말고 다만, 간결하게 가다듬으려 애쓴다.

우리들의 경계가 더럽고도 빛나는 자리를 마주한다. 먼지가 햇살 속에 눈부시다. 작은 별들처럼 반짝이며 내려앉는다. 손을 휘저어 본다. 덕분에 빛나는 시간은 조금 더 유예된다. 요정들의 가루처럼 흔들리며 찬찬히 가라앉는 먼지들의 천진한 웃음을 본다. 괜찮은 풍경이다.

# 설날,
# 설 날

신정에 정해놓은 버킷리스트는 여전히 보기 좋게 리스트로만 놓여있다. 새해 복 많이 받으라는 인사로 주고받은 축복의 말들 속에 소원하는 많은 것들이 이뤄지길 바라는 나와 너의 마음들이 중첩되어 오고 갔다. 그리고 지금은 구정, 바야흐로 까치설을 지나 빠밤! 진짜 진짜 설날이 도착한 것이다. 이런 때 내가 동북아 반도 사람이라는 데 무척이나 안도한다. 어, 어쩌면 반도의 자손으로서 갖는 거의 유일한 안도일지도 모르겠다.

새해를 해와 달로 나누어 모두 보내면서 달의 기운을 받아서 다시 버킷리스트를 정리해본다. 하루에 십

분 정도로 학습해 놓고 일어를 시작했다고 당당하게 말하다가 그것마저 내팽개친 작년을 회상하며 이젠 진심으로 적어도 한 시간은 일어에 매진하겠다고 결심한다. 영어는 반드시 키보드와 필사 둘을 병행해서 작성할 예정이다. 왼손 필사는 필사가 아니라 일상적 글쓰기의 기본이 될 것이다. 근력운동을 강화하고 요가 난도를 높여 나갈 것이다. 이틀에 한 번씩 글을 쓰고 다듬을 것이다. 우울증약을 줄일 수 있도록 자신을 아끼는 방법을 찾아나갈 것이다. 이 모든 것을 쓰고 마지막에 아멘을 덧붙인다. 작년과 별로 차이가 없는 이 리스트는 단지 강도만 높였다고 보아도 무방하다. 그리고 그 강도만큼이나 간절함도 커졌다.

돌이켜보면 생각보다 긴 세월 동안 내겐 신년 계획이라는 게 없었다. 날마다 허덕이며 살아내면서 매일에 의미 부여를 하지 못하다 보니 신년이라고 해봐야 더 나아질 것 없는 캄캄한 시간과 장소의 연속일 뿐이었다. 나는 아픈지 모르고 아픈, 통증을 앓은 병자였다. 그걸 깨닫는 순간 무감했던 고통이 우박처럼 후두

두 쏟아졌다. 쏟아지는 우박은 눈처럼 아름다웠으나 때리는 감각을 맞이해야 하는, 무방비한 상태의 폭력 같았다. 햇살이 눈 부신 날에도, 사랑하는 사람들이 곁을 지키는 날에도 매일매일 우박을 맞는 나날이었다. 비가 내려도, 바람이 불어도, 별이 이글이글 타올라도, 나는 쉬지 않고 쏟아지는 우박을 맞아야 했다. 피하려고 뛰어도 보고 우산을 써봐도 그건 임시방편에 불과했다. 나중에는 방법이 없어서 그냥 쓰러져 한참을 울었다. 우는 것으로 존재하는 사람 같았다. 그러면서 나는 일어를, 영어를, 왼손 쓰기를, 근력운동을, 요가를, 글을 띄엄띄엄 이어갔고, 열심히 내 병증에 맞는 약들을 먹어왔다.

그 고통의 시간 속에서도 사람들은 평가를 해왔다. 사람의 아픔은 객관화될 수 없는 영역임에도 불구하고 타인들은 그것을 객관화하며 그것에 순위를 매기곤 한다. 나는 주로 평가되는 입장에 있다 보니, 다소 불공평한 슬픔에 처하기도 한다. 그럴 때마다 생각하는 말, 삶은 절대 공평하지 않고 그래서 남이 알아주지 않는다고 하더라도 성내면 안 된다는 옛 성인의 말. 나는 성 내서는 안 된다는 말을 가슴에 새긴다. 윤동주의 시 <병원>의 한 구절이 스쳐 지나간다. 그래, 명쾌할 정도로 작년의 리스트를 그대로 옮겨온 올해의 리스트에 새롭게 추가된 목록은 바로 이것이다. 공평하지 않음을 받아들일 것. 한날 쓸쓸함에 크게 마음 쓰지 말 것. 그러나 나는 맑은 눈으로 공평할 수 있는 사람이 되기 위해 부단히도 애쓸 것.

해의 날들과 달의 날들을 구별해 내면서 굳이 새해를 두 번 맞이하는 겨레의 지혜(?)를 감사히도 넙죽 받아들인다. 덤 같은 새해는 고요하지 않고 요란하다. 민족의 대이동으로 점철된 설날의 역사는 팬데믹 앞에서 헤매고 엇갈린다. 혼란스러움을 틈타 나만의 안식을 넉넉히 누리며 새해 리스트를 정리하면서 이제야 기억난 지난해 가장 큰 주제였던, 눈 맑은 사람이 되자는 것을 새삼스레 마지막으로 적는다. 그렇다. 맑은 눈으로 공평할 것 역시 지난해 리스트의 업그레이드 버전이다. 이 한결같은 바람과 그 바람이 말해주는 진실,

이루지 못한 리스트라는 것은 조금 초라한 자신을 담담히 알려준다.

괜찮다고 힘내라고 그런 말을 하고 싶지 않다. 전통과 교훈은 비틀라고 있는 것이니까, 그런 당부는 진부해서 거부감이 든다. 그저 다음 해에 작성하는 목록은 다시 업그레이드하지 말고 창의적인 걸로 작성할 수 있었으면 좋겠다. 그런데 생각해보니, 아, 이게 진짜 나의 최종 버킷리스트구나. 새로워질 것, 그러기 위해서 지금 하던 중인 것들을 내 것으로 확실히 만들 것. 왼손으로 하나하나 적는다. 충실히 다이어리를 채워나가며 창을 닦듯이 가다듬는다. 글로써 닦이는 창이라니, 매력적이잖아. 그 말간 창 앞에 서서 빛날 나를 상상하는 일은 착하고 예쁘다. 그러니까 내가 원하는 것은 나날이 아름다워지는 것에 가 닿는다. 그 누구의 위로도 평가도 거부한 채, 담백하게 몰두하여 자유로워서 명징한 아름다움의 경지를 바란다. 내가 버린 것들을 웃으며 바라본다. 아, 좋구나.

## 조금 빈,
## 반소유 소요逍遙

어떻게 하다 보니 오늘의 식사는 한 끼였다. 한 끼를 먹어도 허기진 걸 잘 못 느끼다 보니 가끔은 단순히 뭔가를 먹으며 책을 읽거나 영화를 보고 싶어서 야식까지 먹을 때도 물론 있다. 이렇듯 배고픔이 식사의 이유가 되지 않게 된 게 몇 해가 돼 간다.

언젠가 지나치게 바쁜 직장 생활 속에서 헤매다 보니 연속 15일 정도를 한 끼만 먹은 적이 있었다. 처음 며칠 동안은 배고픔과 빈혈로 힘들더니 며칠 지나니 오히려 몸이 가볍단 생각이 들었다. 물론 그때 급 체중 증가가 있던 터라 더 그랬을지도 모른다. 연속의 저녁 금식을 이어 나갔기 때문일까? 그 후엔 한 끼 정도 안

먹는 걸로는 크게 배고픔을 느끼지 못한다. 다만 같은 양의 노동을 해도 식사를 하지 않으면 조금 더 빨리 고단해져서 억지로 끼니를 채우기도 한다. 건강하지 못한 식습관이란 것도 인지하고 있다.

오늘도 오랜만에 종일 바쁘다가 조금 전에 오늘의 식사를 했다. 배가 고파서가 아니라 먹지 않으면 조금 많이 고단해지기에 먹었을 뿐이다. 인간은 왜 광합성을 하도록 진화하지 못해서 귀찮게 밥을 먹어야 사는가 생각하다가 아마 힘들지 않다면 영원히 먹지 않을지도 모르겠단 생각도 하면서. 웃긴 건, 모순적이게도, 며칠 전부터 초콜릿을 먹고 싶었고 그걸 또 동네방네 여기저기 노래하며 다녔더니 지인이 한 아름 보내준 게 있어서 그것까지 후식으로 왕창 먹는다는 거다. 먹기 싫다면서 먹어대는 이 놀라운 광경을 쓰다 보니 좀 얌체 같긴 하다.

그러니까 지나치게 먹는 걸 귀찮아하다가도 지나치게 먹는 데 관심을 보이는 이 극단을, 몸이 지탱하는 걸 보면서 문득 미안하고 고맙단 생각이 든다. 실은 세월이 조금 더 흐르면 조금 더 단순하게 주변을 정리하고 조금 더 몸을 정리하고 싶다는 욕망이 자리 잡기 시작했다. 언젠가 체중이 급증가했을 때 내 몸에 덩이 지는 지방을 보면서 나태하고 이기적인 욕망덩어리란 생각에 못내 속상했던 기억이 있다. 그때는 내 욕심이 빚어낸 덩어리가 바로 살덩어리로 덩이진 것처럼 보였다. 이제는 그런 식의 자기 비난은 멈췄으나 조금만 체중이 증가해도 무겁다는 생각은 까지 놓지는 못했다.

하지만 이건 세상의 기준이 마른 체형에 있기에 거기에 맞추는 게 아니다. 입지도 않고 모셔놓은 옷들과 읽지도 않는 책들처럼 몸도 무겁다는 생각에 이르면 가벼워지고만 싶은 것이다. 건강한 몸을 위해서 건강하게 챙겨 먹되, 옷을 덜어내고 책을 덜어내듯, 몸에 대한 어떠한 집착도 덜어내고 싶다. 깨끗하게 비워진 내 집과 깨끗하게 비워진 내 몸을 상상해본다.

덜어낸 공간의 비어 있음처럼, 하루의 한 끼를 혹은 절반은 비워둠으로써 남은 한 끼는 조금 더 맛을 음미하고 건강을 음미하고 비움을 음미하는 시간이 되었으면 싶은 것이다. 조금은 비워진 공간의 집과 가벼이 비워진 식사로 유지되는 하루. 집착을 털어내어 놓음으로써 충만해지는 마음 같은 것. 텅 비워 놓고 나면 그곳에 채워지는 것은, 세속적 욕망과는 다른 그 무엇이 아니겠는가 하고 말이다.

2.

제주를 처음 건너올 때 갖고 있던 대부분을 처분하고 그 나머지 대부분의 짐을 우체국 택배로 옮겨왔었다. 버리고도 버릴 수 없던 것들만 갖고 왔는데 몇 년의 제주살이를 통해 다시 처음 올 때와 비슷한 양의 물건들로 방 한가득 쌓이게 되었다.

어린 시절, 법정스님의 『무소유』를 읽으면서 못내 설렜던 기억이 있다. 간소하게, 가진 것 없이 부유하며 살아내는 삶은 얼마나 가볍고 유연할까 싶었다. 언젠가 꿈에서 보았던 텅 비어 아무것도 없는 절벽 끝 사찰은 내 바람을 표현한 듯해서 아직도 그 장면이 보이는 듯하다. 그러나 그것은 단지 꿈일 뿐. 내 방에 가득한 불필요한 소유를 보라!(마른 세수를 한다) 그럼에도 여전히 무소유의 삶은 로망이라 매번 정리 시즌이 닥치면 또다시 그 불가능한 가능성에 도전하고 싶어진다. 지치지 않는 무소유에 대한 욕망이라니.

그 시즌이 바로 환절기인 지금, 두둥! 마음 같아서는 가을이 깊어 가기 전에 서둘러 정리해야 하는데 사실 엄두를 못 내고 있다. 미니멀라이프라는 것을 찾아 읽고 그것은 버림에서 시작한다는 것을 머리로 알고도 시작조차 못 하며 마음에 품기만 한 시간이 한 달이 되어간다. 아픈 몸이 아직 회복되지 않았다 때문이다. 미루고 있지만 머릿속은 이미 정리 중이라 둘러보니 모셔둔 옷들이 대부분이다. 두면 언젠가 입겠지 한, 그 언젠가는 아마 영원히 오지 않을 듯하다. 그러니 이번에 정리하면서 옷가지 개수를 정해놓고 버릴까? 예를 들어 윗옷 5개 바지 5개 이런 식으로 말이다. 그렇지 않으면 또다시 쌓아둘 것이 분명하다.

옷 정리의 시작이 엄두가 안 나는 또 다른 이유는 정리되지 않은 다른 물건들의 놓여짐에도 있다. 정리해도 1주일이 가지 않고 너저분해지는 것을 보면서 무언가 잘못 놓여있다는 결론을 내리게 됐는데 문제는 그것들의 재배치와 새로운 옮김 노동이 쉽지 않다는 것이다. 무거운 물건들을 옮긴다는 것은 사실, 무섭다. 또 온몸이 아플 것을 예상하며 두려워한다. 누군가 도와주면 안 되겠는가 싶겠지만 뭔가를 시작할 때 소위 '그 누군가'는 내게 늘 성가시고 귀찮고 불편한 존재가 되기 때문에 오롯이 혼자여야만 한다. 옆에서 도와주려 서성이다가는 오히려 사나워져 할퀴는 나를 만나게 될 것이다. 게다가 누군가가 개인 공간에 오는 것을 극도로 꺼린다. 특히 외출복 차림으로 침대에 앉는 등의 행위를 참아내는 것은 내겐 너무나 어려운 일이다. 만약 그대를 내가 사는 공간에 불렀다면 내가 얼마나 당신을 아끼는 것인지 알아주길 바란다. 물론 거의 없다.

그러니까 소유한 것을 축소하고 정리하기 위해서는 먼저 앙칼진 내 성격부터 정리해야 한다는 것을 알아차렸다. 오, 이 깊은 깨달음! 옷을 정리하고 짐들을 정리하면서 마음의 구석구석도 함께 닦고 다듬어야지 하며 스스로 기특해한다. 그러면서도 오늘은 흐리고 비 내리니까 맑아진 언젠가, 해야지 하며 내일을 생각한다. 물론 그 내일이, 당장 다음날의 내일은 아니다. 그래서 내 고약한 성격 유지도 당분간 지속할 예정이고 말이다.

# 함박눈과 바깥이
# 낭만적일 수 있으려면

눈보라가 휘몰아쳐서 1m 앞이 보이지 않고 길은 이미 인도와 차도와 풀숲과 낭떠러지가 구별되지 않았다. 차량 통제로 차도 아무도 없는 길을, 무릎까지 푹푹 담기던 길을 까마귀와 내가 나란히 내려갔던 제주의 첫겨울을 기억한다. 출근길이었다.

눈보라가 휘몰아쳐서 1m 앞이 보이지 않아, 제설 작업도 없이, 체인도 감지 않고, 이대로 차량 운행이 가능한가 싶어서 두려워하는데 해안가에 도착하니 햇살이 반짝이기 시작했다. 좀 전까지 그 많이 쌓였던 눈이 흔적 없이 녹아내리는 풍경을 보았던, 같은 날의 제주.

차량 통제가 풀려 나를 태우러 온 직장 상사와 다음 날 출근길은 곧은 길을 돌아서 삼나무 숲을 달렸다. 그 눈부시게 아름답고, 위험해서 치명적이던 눈꽃 가득한 숲과 초록의 땅 위에 어린 흰 눈과 그 땅 위로 피어오르던 하얀 안개와 그 희미한 시야를 뚫고 보이던 조랑말들과….

오십칠 년 만의 혹한이 제주를 덮었는데 눈 소식이 계속 들린다니 걱정도 덮여왔다. 추위는 바람과 기온 때문에 얼음덩이 져 모래알처럼 따갑고 흩어지던 중산간의 눈 알갱이들을 쌓았을 것이고, 소복소복 예쁘게 내렸으나 이내 볕에 녹아버려서 달콤한 눈송이들을 남겨 놓아 길을 더럽히고 얼리고 있을 것이다.

추위는 비싼 제주 기름값과 가스비용을 감당하기 힘든, 사실 문단속만 잘하면 겨울 난방비 걱정을 별로 하지 않아도 됐던, 도민들의 가난한 주머니를 털어갔을 것이다. 눈보라에 비행기와 배도 도착하기 어려웠을 거고, 언젠가 그랬듯이, 흔한 대형 패스트푸드조차

식자재가 육지로부터 배송이 안 돼 판매가 불가한 경우가 생겼을 거다. 거대 자본도 그렇다면 작디작은 상가에는 더 당황스러운 일들이 반복되고 있을 거라서, 괜스레 걱정되던 며칠이다.

기후 위기라고 소란 떨지 않아도 이런 이상 기후엔 가장 먼저 가난한 사람들이 힘들어진다. 가난하고 외로운 사람들은 여름보다 겨울이 무섭다. 여름은 더위로 짜증 나지만 겨울은 추위로 존재가 비참해지기 때문이다. 나는 가난해서 겨울이 싫었다. 좀 전에 말한 저 아름다운 풍경들 속에서 무서웠고 비참했었다.

지난번 겨울은 내가 수술한다고, 이번 겨울은 수술한 엄마를 지킨다고 우연히 혹독한 겨울을 두 번씩이나 따스하게 보내면서 나의 운에 대해 생각한다. 사실 생활을 위해서는 일자리를 찾아야 하고, 내가 숨을 쉬기 위해서는 글을 계속 써야 한다. 그 모든 게 다시, 부담스럽다. 적금은 털었고 그 와중에 건강히 잘~ 살아보려고 여러 가지 쇼핑도 했다.

그러니까 나는 가난하지만, 가족은 가난하지 않아서 몇 년 만에 따스한 겨울을 보내는 중이다. 추위에 적응된 몸은 아파트 기온에 더워서 반소매 티셔츠 차림으로 다닌다. 아마도 패딩을 입고 난로를 켜고 전기장판을 켜고 오들오들 떨며 곧 식을 뜨거운 차를 마시며 하루를 버텨냈을 이 비참의 시간에, 아이스 아메리카노와 맥주 생각이 며칠 나는 걸 보며 사실 우스웠다. 맥주라니, 아이스 아메리카노라니.

며칠 눈이 내리니 많은 이들이 눈사람과 오리와 토토로와 심지어 엘사까지 만들어 낸 것을 보았다. 마침 겨울, 외할머니 생신에 맞춰 외가에 갔다가 엄청난 눈을 만났다. 그게 너무 반갑고 좋아서 맨손으로 종일 눈사람 만들고 눈싸움하며 놀다가 앓아누워서 일주일간 꼼짝도 못 했던, 화장실 갔다가 거울 보곤 홍조 가득해서 어… 예쁘네, 하고 생각했던 열한 살 겨울 방학이 떠올랐다. 오직 눈 내리는 것만 생각했고 눈으로 인해 행복했고 눈싸움으로 신났고 눈은 낭만을 불러왔다. 이 겨울에 낭만이라 하니 낯설고 어색해졌다. 내가 기억하는 겨울은 오랜 세월 비참이라 하지 않았던가.

하여 가난하고 아프고 병간호를 해야 하는 나는, 구석진 방 한켠에서나 세상의 모든 선한 신들에게 기도한다. 눈이 내리면 뜨거운 핫초코를 호호 불며 군고구마를 나누는 이웃의 거친 손마디와 검은 손톱을 기억하게 하소서. 김용택의 시 〈그 여자네 집〉을 떠올리면 애잔한 그리움과 붉어진 두근거림을 눈썹에 쌓이는 눈송이처럼 추억하게 하소서. 아이들이 옹기종기 한 이불 덮고 만화책 읽고 귤 까먹으며 꺄르르 웃을 풍요로운 아랫목을 허락하소서. 너무 추워서 너무 추운데 난방이 잘 안되어 일터나 심지어 집안에서 동상에 걸리거나 죽는 일은 없게 하소서. 바깥의 공간에서 추위와 배고픔을 자청하며 소리 없이 외치는 소리 들을 들으시고 그런 고통의 울림은 잦아드는 사회가 되게 하소서.

사람의 존엄에 대해, 저 추운 곳에서 농성 중인 노동자들과 가족을 잃어 투사가 돼야 했던 그의 가족들과 동지들의 존엄에 대해, 혹독한 환경에서 단지 가난으로 인해 빼앗긴 존엄에 대해서. 매일 기록적인 한파가 몰아쳐 냉혹한 이번 겨울의 지독한 사회구조적 불평등이 낚아채듯 빼앗아 가던 우리의 존엄에 대해서, 그리고 꽁꽁 언 물조차 마실길이 없어 헤매는, 수많은 비인간 동물이 인간 중심 사회로 인해 버림받고 내몰린 지독한 생에 대해.

끝내 '우리'가 말하게 하소서.

# 「해리포터」와 『우리가 빛의 속도로 갈 수 없다면』 사이에서

구독하는 영화 플랫폼에서 해리포터 시리즈가 풀렸다고 한다. 날을 잡아 각 잡고 시리즈를 처음부터 정주행하면서 맛있는 음식을 먹고 맥주나 와인을 마시면서 종일 노닥거릴 예정이다. 책으로 본 적도 없고 시리즈를 보긴 했지만 뒤죽박죽 순서가 엉킨 상태로 보아서 기억이 잘 나지 않는다. 그래서 다행이다. 나는 매우 즐겁게 그 시간을 즐길 수 있을 것이기 때문이다. 특히나 요즘 SF소설을 읽는 재미에 빠져있던 차였다.

실은 장르 소설은 어린 시절 이후로 거의 읽은 적이 없었다. 문학 전공자로서 소위 순수문학에 대비되는 대중소설을 낮잡아 본 것과 나름 까다로운 예술적 완성도에 집착하던 성미로 인해 '아름다운 완결성'에 집착했기 때문이었다. 초등학교 시절 추리소설과 과학소설 시리즈를 웬만큼 다 읽어내고선 그 후로 장르 소설에 거의 다가간 적이 없었다. 그 흔한 할리퀸 시리즈조차도 읽다가 포기하곤 했다. 패턴이 쉽게 읽혔고 문체가 아름답지 못해서였다. 내겐 선택권이 없는 선택이었다.

오랜 세월 심도 있는 작품들을 읽어가며 탐색하듯이 문장을 확인했다. 감탄하면서 문체를 향유하고 플롯에 감동하며 그 성찰의 깊이를 응시한다. 그 시간은 마치 수도승처럼 조금은 비장하고 새내기 연구자처럼 집중하는 시간이다. 그 시간의 기쁨은 황홀에 가까워서 무섭게 몰입하게 된다. 물론 이러한 나의 독서를 나는 너무나 사랑한다. 이 시간만은 그 누구에게도 방해받고 싶지 않은 시간이다. 목마른 듯이 갈망하며 독서에 집중한다. 내 하루 중 가장 빛나는 시간.

그러다 요즘 장르 소설이 다시 주목받고 있다는 소문을 어렴풋이 듣게 되었다. 시간을 내기 힘들 만큼 쫓기던 시간에 선택한 독서가 장르 소설이 된 것은 대중성을 기본으로 장착했을 터라 독서의 평이성과 경제성을 줄 게 뻔해서였다. 읽을 시간이 부족한 사람인지라 E-Book을 통한 '듣기'에 이만한 선택이 없어 보였다.

그중 무작위로, 베스트셀러가 된 작품 중에 하나를 다운받아서 '듣는'데 하필이면 그게 SF 소설이고 여성 작가의 작품이었다. 예상대로 편안한 독서가 가능한 단편집이었다. 하지만 읽으면 읽을수록 그가 녹여낸, 사회적약자에 관한 촘촘하고 섬세한 시선에 마음을 빼앗겼다. 놀랍고 즐거운 상상력을 펼쳐내면서도 따스한 시선이 가능하다는 것은 작은 충격을 주는 사건이 되었다. 책을 마음껏 들을 수 있는 시대가 되었고, 그중에서도 소외된 이들의 손을 지긋이 잡는 작품들을 만날 수 있다는 것, 지독하게 몰입을 하지 않는 경쾌한 독서를 통해서도 위안과 위로를 받을 수 있다는 것이 소박하게 소중했다.

'순수'에의 편견을 깨준 것도 감사했다. 단단하게 굳어진 편협함을 부서뜨리던, 가볍고 단순한 아름다움에 대해 알게 되었다. 웬만한 중견 '순수'문학 아재 작품들보다 깊고 부드러웠다. 장르를 가리지 않고 선두로 나서는 그들의 평등한 시선을 사랑하게 되었다. '누이의 젖가슴'과 '위대한 어머니의 밥상'을 읊지 않아서, 도발하는 개인과 사랑하는 개인과 분노하고 화해하는 개인을 그려줘서, 고마웠다. 혁명가의 삶에 내재한 보들보들한 마음을 그려줘서, 독서 중에 춤을 추며 일을 하고 웃을 수 있었다.

집엔 벽난로도 화목난로도 없지만, 유튜브로 「해리 포터」 ASMR을 들으며 향초를 켰다. 타닥타닥 나무 태우는 소리와 사각사각 글 쓰는 소리와 시간에 맞춰 부엉이 소리, 책장 넘기는 소리, 계단을 오르내리는 소리, 복도를 걷는 소리, 옅게 깔리는 음악 소리 등이 자연스럽게 흐른다. 함께 소설을 듣는다. 눈을 감고 듣고 있으면 웬만한 명상음악보다 마음이 평온해졌다. 나중에는 엄마를 병구완하면서도 틈틈이 듣고 들으며 행복해했다.

누군가는 이름도 알 수 없는 대중 작가들이 베스트셀러가 된 현실을 개탄하고 있을 때, 오히려 그들의 작품을 읽다가 오랜 시간 미뤄뒀던, 한국인이 사랑한다는 프랑스 작가의 작품까지 내쳐 읽었다. 편안하다, 즐겁다, 그리고 따뜻하다. 그것으로 충분해서 나는 비평이라는 욕심을 부리지 않고 감동이라는 미련도 내려놓고 마치 ASMR을 듣듯이 시간을 채워나갈 수 있었다. 따사롭고 깊은 사유의 시간을 선사 받아서 그 순간은 모조리 선물이었다.

# 해바라기가 되는 법

하늘이 파랗다. 파아란 하늘을 올려다보며 이중 창 중 투명창만 닫아서 볕이 마음껏 들어올 수 있게 해두고 볕을 쬐었다. 며칠 전 SNS에서 공유되던 심리 테스트 결과가 해바라기였는데 평소 해바라기를 좋아하지 않다 보니 시큰둥했으나—개인적으로 작약이나 벚꽃, 모란처럼 동양 느낌의 꽃을 좋아한다— 해석을 보고는 인정하지 않을 수가 없었다. 유일하고 고약한 성격이 나열돼 있었는데 그게 무척 마음에 들었다. 그 후 보게 된 애니메이션에는 자꾸만 해바라기가 나왔다. 처음으로, 저 노랗고 빈약한 듯 보이는 커다란 꽃을 좋아하게 됐다.

나는 이제 막 내가 좋아하게 된 해바라기처럼 볕을 향해 앉았다. 바닥이 차가우니 무릎담요를 바닥에 깔고 잠옷만 입은 그대로 들어온 볕의 크기에 맞춰 몸을 오므렸다. 비스듬한 사각형의 빛 모양에 나를 구겨 넣었다.

내가 사는 집 침실에는 북향과 서향의 창이, 서재에는 남향과 서향 두 개의 창이 있다. 집의 전체적 방향이 서향이다 보니 공간 대부분이 여름에는 늦은 시간까지 긴 볕이 들어와서 무척 더운데, 겨울은 볕이 짧게 잠깐씩 들거나 거의 종일 들지 않아서 매우 추웠다. 특히 침실은 종일 어둡고 차가운 공기가 감돌다가 오후에 잠시 들어왔던 온기가 이내 사라졌다. 더위를 크게 타지 않다 보니 여름은 그래도 버틸 만한데 겨울이 오니 보통 난감한 게 아니었다. 눈을 뜨면 추위를 피해 빛을 찾아서 서재로 기어들었다.

오늘처럼 볕이 좋은 날이면 그 조각진 빛을 따라 몸이 따라갔다. 인간 해바라기가 되었다. 외출하지 않아

더욱 부족한 비타민 D를 몸을 뒤척여 섭취했다. 광합성을 하지 않은 인류라며 투덜거렸던 평소의 마음에 큰 위로가 되었다.

"사람도 스스로 만들어 내는 게 있다, 뼈 튼튼 건강과 정신건강에 기본이 되는, 그건 바로 바이라민 디!!"

혼잣말을 크게 하면서 해를 향해 몸을 틀었다. 누가 보면 어이없는 광경이겠지만 사뭇 진지했으므로 속웃음만 지어 주길 요청한다. 에헴.

날씨도 추워져 다양한 바이러스들에 취약한 상황이기도 하지만, 아직 나에게 외출은 심적으로도 여전히 어려운 일이다. 건강해지겠다고 열심히 홈트레이닝하고 있는데도 두세 시간 밖에 나갔다가 돌아오면 몸살이 난다. 나도 모르게 몸이 굳어서 예민해지고 민감해지고 신경이 날카로워진다. 지나치게 긴장하기 때문이다. 공황장애가 있는데도 힘겹게 외출을 감행하고 나면 메니에르병이 돋아 며칠 고통을 받는다. 오래 앓아 내 몸처럼 된 깊은 우울증은 오히려 통제 가능한데, 교통사고 후 생겨서 몇 번의 번 아웃 이후 강화된 공황장애와 불안증과 메니에르병은 통제 가능한 범위가 아니었다.

조심해야 하는 몸, 조심해야 하는 마음을 지니고 있어서 한번 금이 가면 마치 도자기나 유리로 만든 것처럼 원상복구는 어렵다. 더 큰 금이 가지 않게 조심스레 다루는 수밖에 없다. 다행히도 완벽하지 않지만 가장 손쉬운 처방은, 그나마 공평하게 내리는 햇볕을 쬐어 주는 것이다. 거식에 가까울 만큼 식사 자체가 힘들었다 보니, 투덜대듯 욕망한 광합성에의 욕구가 사라진 것은 아니지만 정말 감사하게도 ―난 이 말을 일상적으로 하는 걸 참 싫어한다, 그러나 진심으로― 사람이 해님 바라기가 되면 그 금 간 곳이 훌륭하게 이어진다고 한다.

마음이 든 몸이든 상처받고 아픈 곳의 흉터는 오래 남을 것을 안다. 하지만 그 상흔은 내게 살아가려 노력한 결과로써 온전할 것도, 안다.

"킨츠기를 아세요? 특별한 물건을 깨뜨리고는 그걸 다시 금을 붙이는 예술 기법이죠.

당신의 흉터는 당신이 깨졌다는 걸 뜻하는 게 아니라 치유되었다는 증거입니다.

깨뜨리는 건 치유예요."

미국 드라마 「키딩」 시즌 1 에피소드 7에 나온 대사다. 내 몸과 마음의 흉터를 돌아본다. 금이 간 곳마다 금빛으로 반짝이며 이어져 있다. 햇살이 틈새로 들어와 햇볕으로 붙여놓은 자국처럼 찬란하다. 내가 깨어진 것은 치유되고 있다는 의미이다. 해 바라기를 한다. 해바라기가 된다. 아픈 곳곳을 해님은 온기로 어루만진다. 금 간 자리에서 빛이 새어 나온다. 황홀하다.

# 향유 바르는 시간

**인간은 아무것도 하지 않을 때 가장 활동적이며, 혼자 있을 때 가장 덜 외롭다.**

카토라는 사람이 한 말이라고 한다. 카토가 누군지 모르고 무슨 책에서 읽었는지 기억나지 않는데도 메모해 둔 걸 보면 정말 와 닿았기 때문일 터였다. 사실 흔해서 시시한 말이다. 누워 천정을 보며 공상을 즐길 때, 그 혼자인 아무것도 하지 않는 순간, 외로움이나 운동성을 떠올리지 않으면서도 얼마나 혼잡하고 행복한지를 나는 그 누구보다 잘 알고 있기 때문이다.

흔들림 없는 삶이 가능한가 하는 것은 여전히 내겐

주요한 질문거리이다. 가만히 서서 걸어온 길을 돌아보듯 지난 세월을 상기하면, 평생을 흔들리고 흔들리면서 살아온 시간만 떠올라서 묵직하고 깊은 중심을 갖는다는 게 애초에 내게는 불허된 것 같았다. 익숙해지지 않고 낯설기만 해서 낯에 엎드려 흐느껴온 면면만 날날이 드러나는 듯한 느낌 때문이다. 산은 못돼도 바위 비슷한 것은 되고 싶었는데, 큰 나무는 못돼도 갈대처럼은 되고 싶지 않았는데 나는 작은 돌멩이고 강아지풀이었다. 한없이 구르고 한없이 흔들리는 나약한 삶. 그런 내가 누군가를 만나서 일상의 대화를 나누고 일상의 웃음을 나눈다는 것은 외롭고 괴로운 일이었다. 자신을 감당하기도 힘들어하면서 어떻게 타인을 감당해 내겠는가.

사람들이 내 주변에 무수히 많을 때조차도 사람으로 인해 외로웠고 사람으로 인해 게을러졌다. 어설프게 공감력을 지녀야 한다고 그래야 결을 지켜낼 수 있다고 부단히 애를 썼지만, 스스로에겐 참혹하고 나태한 사람이 돼 있었다. 그런 내가 나는 비참해서 견딜 수가 없었다. 상처를 주지 않겠다고 애를 쓸수록 무감함과 무정함은 붉게 배어 나왔다. 자신의 상태를 마주하는 순간, 그 무능함을 확인하는 순간의 무력감. 애초에 타인을 배려하는 성정을 갖지 못했다. 타인에 관해 관심이 없었기 때문이었다. 내 관심은 오로지 나뿐이었다. 그런 자신을 자각하지 못하고 버려둔 채 타인에게 초점을 맞추고 살았으니 나태와 외로움이 따라오는 것은 당연했다.

모든 것을 물려두고 오로지 나에게 집중하는 시간이 얼마나 되나 생각해보았다. 살아온 긴 세월이 아니라 하루라는 짧은 시간 중에서 스스로 온전히 집중한 시간을 말이다. 병원에서 내게 준 미션이 하나 있었다. 바로 아무것도 안 하고 멍하니 있는 시간을 가지라는 것, 생각을 줄이고, 활동을 줄이라는 것. 너무 많은 생각과 너무 많은 활동으로 자신을 몰아붙이느라 정작 자신을 돌아보지 못하는 시간만 보내고 있다고 의사는 염려했다. 1분이라도 좋으니 부디 그 시간을 가져보라는 게 의사의 권유였다. 예상했겠지만 내게 그건 너무 어려운 숙제였다. 멍하게 있는 시간을 갖는 게 불가능한 것처럼 보이는 사람이 돼 가고 있었다. 묵직하고 깊은 존재로서의 바위는 멀어 보였다. 오히려 구태여 바위에 빗댄다면 상상력조차 사라진 채 옹졸하고 단단해진 껍질의 존재가 돼 버린 듯했다. 불안은 더욱 불안을 가중하였고, 무의미한 일상 중에 쓸모없는 나란 존재는 쉼조차 할 줄 모르는 사람이었다. 무용함으로 인해 비참함은 늘어났다. 무가치한 나란 인간의 존재가 한심해서 견딜 수 없었다.

그래서 오히려 하루를 더 꽉꽉 채우기로 마음을 먹었다. 번 아웃으로 몸과 맘이 망가지고 이후 수술을 하게 되면서 직장을 그만둔 후부터, 내내 나 자신을 돌보는 데 최선을 다하는 시간을 가지기로 했다. 전혀 좋아지는 것 같지 않아 보여 마치 고인 상태로 썩은 물 같아 보이던 실패한 시간이, 조금씩 흘러 나가고 흘러들어오는 것을 느꼈다. 회복의 시간은 일 년이 넘는 시간을 들여서 더디게 실행되었다.

얼마 전까지는 사회가 말하는 요구하는 것들을 성취하기 위해 바쁘고 힘들어서 견딜 수가 없었는데 요즘은 하루가 바쁜데 오로지 나를 위해 바빴고 오로지 나의 만족을 위해서만 바빴다. 온라인 강의를 챙겨 듣고, 밥을 차려 먹고, 뛰고 구르고, 덤벨을 들었다. 책이 읽히지 않으면 눈을 감고 E-book을 들었다. 학습 중인 외국어가 손에 잡히지 않으니 그 시간에 영국 드라마와 일본 애니메이션을 보았다. 지치도록 혹사하고 샤워를 하고 나면 비로소 아무 생각이 없어지는 시간에 이르렀다.

샤워를 마치고 돌아와 오일을 바르고 향수를 뿌리고 나면 몸이 더욱 이완되면서 나른한 평온함에 빠져든다. 외로움이나 비활동성을 떠올릴 겨를이 없다. 오로지 향긋하고 부드럽고 깨끗한 감촉에 만족스러워하며 온전히 그 순간을 즐길 수 있기 때문이다. 그 순간에 타인이 끼어든다는 것은 생각만으로도 끔찍하다. 아무리 사랑하는 이라 할지라도 그 시간은 완벽히 나만의 것이어야 한다. 뜨거운 물로 샤워를 하고 난 후 따뜻하게 순환하는 흐름을 느끼며 온기와 물기가 가시기 전에 오일을 녹여내어 근육을 풀어내고, 마무리로 좋아하는 오늘의 향수를 뿌리는 것은 나만의 의식이며 나만의 휴식이다. 머리카락을 말리고 나서 푹신한 침대로 들어가 이불 속에 폭 감기는 시간까지의 고요. 이 분주한 고요는 고독조차 끼어들 틈이 없다. 나는 충만한 포만감을 느끼는 표범처럼 완전함을 누린다.

마지막으로 향초를 켠다. 무심하고 무감한 적막함 속에서 잠긴다. 오로지 평온만이 그득하다. 드디어 찾아온 멍한 시간. 꽃의 향기를 따라 피어오르는 나비의 무리를 보듯 따스하고 포근한 휴식. 나로서 존재하는 찰나의 황홀. 가장 용감하고 가장 단단한 존재가 되어 깊은 중심으로 흘러가는 물의 시간. 비로소 완전한 고독 속에서 오직 나만의 가장 아름다운 운동성으로 유영한다.

## 홍대 소음의 다정함

서울에 왔다. 비온뒤무지개재단에서 기획·진행하는 <활동가들에게 건강을!>이란 프로젝트에 덜컹 당첨되어 진료받으러 온 것이다. 병원 위치가 홍대였는데, 마포 근처 게스트하우스를 찾아 계약하고 나니 병원과 도보로 4분 거리였다. 여러 가지로 행운이 이어지는 것 같았다. 진료에 들어가자 길고 긴 질문이 이어졌고, 의사는 간간이 그 질문 사이사이 침을 놓았다. 침을 잘 참는 편인데 아팠다. 침을 놓지 않는다면 나는 그를 심리상담사라 생각했을 만큼 마음을 잘 어루만지는 아름다운 사람이었다. 꾹꾹 눌렀지만, 많이 울었다. 기진맥진해서 아이스크림 가게에서 블라스트 두 개를 사서 숙소로 돌아와 원샷을 했다. 무엇 때문인지 알 수 없는 두통이 계속되어서 진통제를 먹었다. 몸에는 열이 나고 샤워 후에도 지속하는 열기에 어쩔 줄 모르다가 창을 열었다. 아아, 창을 열었다.

이 게스트하우스의 1인실은 매우 비좁고 작았다. 그런데 운 좋게도 관리하는 사람이 트리플룸으로 바꿔주었는데 거기엔 전통 문양 창살의 아주 큰 창이 있어서 무척 맘에 들던 차였다. 거기에 있는 창, 커튼을 조금 젖히고 창을 열었더니 이내 소음들이 무수하게 들려오기 시작했다. 창밖에서 서성이며 배회하던 소리가 생명을 가진 듯 드넓은 공중에서 각자의 모습으로 둥실 떠 있었던 것 같았다. 마치 기다렸다는 듯이 밀고 들어오는 소리는 각각 나뉘어 있으나 각각 화음을 맞추기라도 한 듯 조화로웠다. 노랫소리, 그리고 또 다른 노랫소리, 사람들의 대화 소리, 너무나 많은 사람이 내는 각종 대화 소리가 한데 뒤섞여있는데 그중 튀는 소리는 하나도 없이 부드럽고 매끄럽기까지 한 느낌으로 내 숙소는 채워졌다.

소리를 싫어하고 적막한 느낌을 좋아하다 보니 이 소리가 주는 쾌감에 다소 당황스러웠다. 거기엔 그리움과 사랑스러움이 동시에 묻어났기 때문이었다. 두통이 가라앉기를 기다리며 창가에 기대 누워 생각에 잠겼다. 아, 이 소리가 너무 좋아. 집에서 듣던 사람들의 고함이나 자동차나 오토바이의 굉음과는 다른 이 소리가 너무 좋아, 하며 소리를 들었다. 진정한 백색 소음 그 자체라, 소리를 녹음하고 싶은 생각이 들었다. 그러다가 한때 나는 대학가에서 오래 살았다는 게 기억났다.

대학가에서 오래 살았었다. 친구들이 하나둘 결혼하고 직장을 구하고 하면서 그곳을 떠나가도 나는 새로운 연인을 만나든 새로운 직장을 구하든 그곳 대학가에서 살았다. 아버지는 매우 엄격하고 그걸 넘어서서 지나치게 간섭하고 사람을 못살게 구는 성품이었다. 혼란의 시대를 거쳐 온 만큼 남은 것은 자기 자신을 지키고자 하는 욕망과 그를 위해 타인을 통제하고자 하는 심술만이 남은 사람 같았다. 충격적인 사건을 겪고, 나는 더는 아버지와 살 수 없어서 집을 나왔다.

매사 이성적이고 꼿꼿하고 강인한 엄마가 많이 울었다. 엄마를 사랑하는 만큼 마음이 아팠지만 어떤 사람은 가족이란 이름으로 같이 살면 살수록 살기殺氣만 늘어나는 경우도 있는 법이라, 평소 냉철한 만큼 뜨거운 애정도 가진 엄마의 눈물을 외면하며 독립을 했다.

그 첫 장소가 대학가였다. 옷을 차려입지 않으면 슈퍼나 편의점도 가기 힘들다고 투덜대면서도 너무나 좋았다. 처음 맞는 자유, 처음 맞는 적막, 처음 맞는 내 몫의 무한대 시간 앞에서 누군가의 부추김도 잔소리도 호통도 없이 일어나고 잠들고 공부하고 정리하고 청소하고 밥 먹었다. 그리고 창을 열면 들려오던 거리의 소음들. 뭉쳐지면서도 각자의 개성을 잃지 않고 공존하던 소리. 노래들과 대화들과 가끔 차 소리, 오토바이 소리 들이 날카로운 모서리마다 뭉툭하게 깎이고 보드라워져서 동글동글해진 소리. 낮과 다른 저녁의 소리가 들어오는 밤의 시간이 오면 나는 친구들 동기들 선배들을 만나러 나갈 준비를 했다. 논문을 포기한 지는 오래됐고, 해묵은 상처로 무엇을 해야 좋을지 모를 시간 속에서도 그들과 함께 매일 술을 마시며 그저 소음 속 일부가 되는 것이 기쁘기만 하던 시간이었다.

"D, 나 홍대 근처로 이사 올까?"

"홍대 근처 살기 좋지. 근데 집값이 너무 비싸. 나는 자꾸자꾸 시골로 밀려난다."

맞는 말이었다. 이 소음들의 뭉치들도 어찌 보면 다 집값 위에 떠돌아다니는 망령 같은 것이라 이 소음을 얻으려면 그만큼의 대가를 지급해야 한다. 할 것이다. 당연히 나는 망설이다 포기한다.

"거기 병원 좋아. 치료 잘 받고, 얼른 나아."

무심한 듯 다정한 D의 메시지를 들으며 나는 아름다운 소음들에 대한 소유욕을 밀어내고 내일 진료 시엔 안 울었으면 좋겠다고 생각한다. 두통이 안 왔으면 좋겠고 멈추지 못했던 폭식을 멈췄으면 좋겠다고 생각한다. 거리의 소음들이 보드랍게 방안에서 춤을 춘다. 예쁜 것들. 수면제를 먹고 잠들기 위해서, 일찍 창을 닫는다.

# 흐르는
# 길

1.

며칠을 비 내리고 싸늘하게 추웠는데 오랜만에 볕을 쬐다 보니 더워졌다. 싸늘하고 습한 기온에도 여태 반소매 셔츠를 입고 있었으니, 더위 자체로 좋았다. 나는 추우면 추워서 더우면 더워서 아프면 아파서 좋으면 좋아서, 그 모든 감정을 쏟아내는 편이다. 젊은 시절은 젊은 시절 그대로, 나의 그런 성격이 매력적으로 비친다는 것을 알고 있었다. 거침없고 감정에 솔직해서, 이승환의 <천 일 동안>이란 노래 가사 중에서, '많이 웃고 많이 울던 당신'을 부르면 나를 떠올린다는 사람들도 있었다. 그러나 젊음의 빛남과 아름다움이 사라지고 난 뒤, 이제는 마음껏 감정을 쏟아내는 것은 감정 제어를 못 해 미성숙한 이미지로 비친다는 것도 알게 됐다. 물론 젊음을 눈부시게 보내고는 변한 현실에 적응하지 못하고 과거에 머물러있는 나이 든 여성 사람이라는 이미지가 지나치게 편협한, 여성혐오란 것도 안다. 젊든 아니든 그건 그냥 한 사람의 성격일 뿐이다. 그때만큼 아름답지 않아도 그 성격이 틀린 것은 아니지 않는가.

다만, 언제부턴가 이러한 성격 자체가 피곤해졌다. 감정을 모조리 드러내고 모조리 쏟아내고 난 후 감당해 내는 시간이 오히려 괴로워져서 혼자 주문처럼 되뇌는 말들이 생겼다. '울어봐도 나아지지 않아, 해결되지 않아.' 워낙에 잘 울고, 울다 보면 울음이 넘치고 잦아들 때까지 그 무엇으로도 멈출 수 없었는데 언제부턴가 이 말을 생각하면 웬만큼 차오르던 눈물이 차갑게 말랐다. 울어서 진정되는 마음은 세월의 더께가 쌓일수록 오히려 더, 마치 댐 둑이 터진 듯 몰아치는 고통이 소용돌이치게 했다. 몸이 먼저 아는 건지도 모르겠다. 울어봐도 더 괜찮아지지 않는다는 것을.

최근에는 비슷한 주문이 하나 더 늘었다. '말해봤자 소용없어, 나아지지 않아.' 종일 지독한 두통으로 머리가 터질 것 같고 눈이 빠질 것 같아서 눈을 감고 관자놀이를 눌러 대던 날이다. 평소 같으면 나도 모르게 아프다고 중얼거리며 진통제가 몸에 퍼져 나아질 때까지 끙끙댔을 터였다. 조용히 통증을 처리하면서 이렇게 지내다 보면 말이 점점 없어지고 감정은 점점 수면 아래로 숨어 버리는 건가 싶은 생각에 잠시 쓸쓸히 웃었다. 고요해지는구나, 적막해지고 있구나. 감정을 쏟아내고서 살아가던 내가 이제는 변화하는 환희와 고통의 상태를 인정할 수 있게 됐구나.

골짜기의 바위와 물고기와 물소리와 꽃과 풀들과 새들과 나무가 좋았다고 해도 언제까지나 골짜기에 머물 수 없는 게 물이다. 냇물은 흘러 강에 이르듯, 강은 더 깊어야 하고 강은 더 단순해야 하고, 강은 더 조용해야 한다. 당연하다는 언어가 스며든 자연의 흐름을 묵상해 보니 지금의 지난한 과정들은 모조리 강으로 이르는 여정이라고 희미하게 속삭이는 듯하다. 이제는 찬란했던 골짜기의 기억도 눈부시던 빛과 그늘의 시간도 없을, 크고 깊은 강이 되고 싶은 건지도 모르겠다. 욕망의 형태가 아예 달라지고 있다는 것을 느낀다. 달라진 욕망은 다른 삶을 지향한다. 새로운 물결 속에서 물고기가 되어 유영하고 싶다. 내가 이제야 마주 볼 세상의 물살은 그 자체로 낯설고 경이롭다. 싱싱하게 빛나지 않아도 아름답지 않아도, 낡으며 퇴색된 것들의 질음 속에서 새로운 빛과 아름다움이 다가오는 것을 본다.

2.

오늘의 일과는 갑자기 급물살 타듯 바빠졌다. 여느 때처럼 느긋하게 일어나 물 한 잔, 커피 한 잔을 마시고, 자는 사이 도착한 톡과 메시지 메일을 훑고, SNS에 들어가 피드를 훑었다. 그러다 이 정해져 있는 규칙적 게으름 속에서, 잠시 잊고 있던 일이 기억났고, 그사이 갑작스레 급한 볼일이 생겨버렸다. 늙은 고래처럼 느슨하게 흘러가던 시간이 요술봉으로 휙 휘둘러 급하게 달려 나가는 비행기처럼 가속을 밟는다.

이럴 때면 시간은 마치 공기처럼 흩어졌다가 다시 뭉치는 것 같아서 공간의 이미지로 인식된다. 숨 막히게 좁아진 시간의 덩어리를 보면서 오랜만에 묘하게 스트레스를 받았는데 그 스트레스가 오히려 쾌감을 불러와서 즐겁게 흘려보내고 있다. 그 와중에 반가운 사람들이 잊지 않고, 잊어버릴까 걱정하는 듯 연락이 왔고, 문득 이렇게 무심한 사람인 나에게 이토록 다정한 당신들은 참으로 좋은 사람이라는 생각을 했다. 스트레스의 짬을 잠시 풀어주는 고마운 마음, 좁디좁은 시간의 공간에 창이 열리는 듯 탁 트이던 순간.

흘러가는 것이란 결국 마음의 물살로 응축되고 풀어진다. 응축될 땐 응축된 대로 풀어질 땐 풀어진 대로 흘려보낼 수 있는 마음가짐을 가질 수 있는 것은, 일에 치여 하루를 맛도 모르고 허기짐에 먹어 치우듯 살아내던 시절엔 결코 가질 수 없었다. 허덕이며 일상을 보내다 보니 몸도 마음도 갈기갈기 찢어진 상처투성이였다. 그걸 회복하기 위해 나는 얼마나 고통받았던가. 수술과 우울과 조증으로 조각 조각난 올해를 돌이켜보면 어리석어 보일지라도 스스로가 불쌍해서 눈물 난다. 그래서 더더욱 오늘의 변화와 오늘의 흘러감이 감사하고 뭉클하다.

몸과 마음이 어느 정도 치유되어 다시 현장으로 돌아가게 되면 오늘의 기억을 품고 가야 한다. 하루를 음미하고 긴장이 쾌감이 되는 삶을 살아야 한다. 이토록 정교하게 응축된 시간의 발랄한 리듬을 만끽하며 살아야 한다. 하여, 하루를 먹다가 나를 먹어 치우는 삶을, 다시는 살지 않겠다.

## 나오는 말

출판을 위해 마무리가 임박해 올 때, 두려웠다. 흩어져 있던 글을 묶어서 단숨에 읽어 내려가는 과정은 여전히 낯설고 이상한 감각을 길어 올렸다. 집중해서 자신의 글을 읽는 동안, 이 글이 너무 사적이지 않나, 내 병증을 지나치게 드러낸 건 아닌가, 해서 내가 살아가는 사회에서 F코드—정신과 코드— 낙인이 찍힌 채, 어떤 행동이나 무엇을 해도 이 병증 때문이라고 재단당하고 비난받거나 동정받게 되지 않을까, 나아가 현재 직장 생활을 유지할 수는 있을까 하는 구체적 두려움이 가슴을 파고들어 헤집어 놓았다. 용기를 내어보아도, 무슨 생각으로 이런 책을 내겠다고 덜컥 약속했는지 자신조차 이해가 가지 않았다.

두려움으로 날이 섰을 때, 내 글에 자신이 다시 상처받아서 웅크리고 할퀴기만 하는 상태가 지속되고 있을 때, 고맙게도 출판사에서 '지금 그대로 그 호흡대로 유지하고 가면 됩니다.'라고 다독여 줬다. 꽤 오랜 시간을 기다리고서도 다시 그 말을 해주었을 때, 바닥에 쏟아진 물처럼 주워 담지 못할 것 같은 상태에서도, 마치 물로 만들어진 인형처럼 일어나 작업을 이어가게 했고 울어도 눈물이 티가 나지 않아 다행인 물 인형으로 다시금 글을 마주할 수 있었다.

언젠가 「언멧; 뇌 외과의의 일기」라는 일본 드라마를 본 적 있다. 촛불을 밝혀 두고 바라보다가 토모하루가 말한다. 아무리 애를 써도, 무슨 방법을 해봐도, 아무리 선의로 다가가도 빛이 있으면 그림자가 생기기 마련이고, 상처를 주기 마련이라고. 미야비가 말한다. 이렇게 하면 없앨 수 있어요. 이렇게 안에 있으면 그림자가 생기지 않아요. 그러면서 종이로 원기둥을 만들어 촛불에 씌운다. 그러자 드러나는 그림자 하나 없이 환하게 오직 빛으로만 가득한 공간.

어쩌면 이 장면에서 나는 조금 구원받은 건지도 모르겠다는 생각을 자주 한다. 상처로 고통받는 세상이 상처로 무너지는 몸이 견딜 수 없어서 삶에서 어떤 의미도 찾을 수 없던 세월 참 오래도 되었다. 나는 바깥에서 빛을 찾고 바깥에서 스승을 찾고 바깥에서 구원을 바라고 애원했다. 마음의 병을 앓는데 그 병을 낫게 할 방법이 없어서 달마를 찾아가 팔을 베어버린 혜가는 오히려 행복한 거로 생각했다. 그런데 바깥이 아니라 안이라니. 수백 수천수만의 비슷한 비유가 삶을 스치고 건들이고 뒤적이고 갔음에도 나를 흔들어 놓지 못했던 다르고 같은 말들.

물속 깊이 빠져들어 숨을 참는 것처럼 두려움이 가슴을 짓누르고 헐떡이게 하고, 곁의 인연들에게 마음 깊이 사랑한다고 되뇌어 보아도 오히려 미안할 만큼 내면은 혹독하게, 세상과 자신이 자신을 난도질하는 것처럼 느껴지는 사람에게, 아니 나에게, 스미는 빛이 있기를 기도한다. 바깥이 아니라 안에서 밝히는 빛이라 그림자가 드리우지 않기를, 때론 누군가의 안에서 캄캄하게 빛을 낼 사람이 있기를, 때론 부디 그러할 수 있기를 다시 기도한다. 빛이 때론 상처를 헤집고 목도하게 하고 베어내기도 하더라도. 그 자체로 자신을 직시하며 그 자체로 세상을 직시하며, 그저 살아낼 수 있기를.

여전히 두려움은 남아 있다. 사랑하는 가족들, 엄마, 우리 남매, 우리 조카들이 이 책을 읽으면 분명히 많이많이 슬퍼할 것 같고 가슴 아파할 것 같기에 더욱 그렇다. 사랑은 이다지도 모질기도 해서 사랑하는 이의 마음을 찌르고 베고 멍들게 한다. 하지만 사랑은 이토록 모진 모든 과정을 인내해, 마치 세월에 온갖 상처가 빚어낸 나무둥치의 갈라진 틈새를 무심히 쓰다듬듯이, 껴안고 다독인다. 동정도 슬픔도 고통도 넘어선 단호하고 단정한 마음으로, 함부로 캄캄해진 틈 안 구석구석까지, 사랑이라는 안온하고 다정한 빛을 끝내 밀어 넣어, 마침내 그 빛무리가 쏟아지게 한다.

# 스미는 목소리

초판 1쇄 펴냄 2025년 5월 6일

지은이 한정선
펴낸곳 불란서책방
주소 주소 경기도 고양시 일산동구 호수로336
등록 제2019-000015호
전화 팩스 0504-266-3516
전자우편 bookfest@naver.com
블로그 blog.naver.com/edtions_bulanseo
인스타 @editions_bulanseo
디자인 서승연

ISBN 979-11-988700-6-3 (00810)